リストとゆかいなラウハおばさん

1

謎《なぞ》のきょうはくじょうの巻

S・ノポラ＆T・ノポラ　作
S・トイヴォネン＆A・ハヴカイネン　絵
末延弘子　訳

もくじ

Hetki lyö, Risto Räppääjä by Sinikka Nopola and Tiina Nopola
Illustrated by Sami Toivonen and Aino Havukainen

Published by arrangement with Tammi Publishers, Finland
through Tuttle-Mori Agency, Inc., Tokyo

本書はFILI(フィンランド文学情報センター)の助成を受けて
出版いたしました。

公園通りのミスター・リンドベリ

茶色いアパートの前に、道をまがって引《ひ》っ越《こ》しのトラックが入ってきました。トラックからおりてきたのは、リスト・ラッパーヤとおばさんのラウハです。

「ここよ、着《つ》いたわ。リンドベリ公園通り五番地A《エイ》―七」ラウハおばさんがリストにいいました。

「リンドベリって、人の名前？」

「きっと、お金持《かねも》ちの紳士《しんし》よ。このあたりの地主《じぬし》にちがいないわ」ラウハおばさんはこたえると、新しい住《す》まいの玄関《げんかん》をあけました。

「部屋《へや》がふたつあるから、ひとりひと部屋《へや》にしましょう」

リストは、まず玄関《げんかん》から広めの部屋《へや》へ進《すす》み、そこからこぢんまりとしたキッチンへむかい、小さめの部屋《へや》をまわって玄関《げんかん》にもどってくると、次《つぎ》にバスルームへいきました。そして、最後《さいご》にバルコニーにでたところで、いいました。

「六つだ」

「なにが六つなの？」

「部屋《へや》が六つ。大きい部屋《へや》、小さい部屋《へや》、玄関《げんかん》、キッチン、バスルーム、それからぼくの仕事部屋《しごとべや》」

「仕事部屋《しごとべや》？」

「バルコニーのこと。ラウハおばさん、なにか、けずっていいもの、ちょうだい！」

リストはナイフを持《も》って、バルコニーにまっすぐむかいました。

「けずっていいものっていったら、お玉くらいよ。あとはもうけずるものはないわ」

ラウハおばさんはキッチン道具《どうぐ》の入った箱《はこ》のなかをかきまわしながら、木のお玉をとりだし、リストにわたしました。

リストは、木のお玉をじっとみながらかんがえこむと、お玉でバルコニーの手すりをコンコンとたたきました。

（うーん、いい音！）

リストは、もういちどコンコンとたたいて、ドラマーになった気分で口ずさみます。

「ズンズンタン、ズンズンタン」

こんどは、すこし変化《へんか》をつけてたたきました。

「ドゥーッパーパ　ドゥーッパ、ドゥーッパーパーダー！」

アパートの表玄関《おもてげんかん》から白髪頭《しらがあたま》の男の人がでてきて、リストをみあげました。

「こんにちは。名前は？」リストがさけびました。

「リンドベリ。きみは？」

「リスト・ラッパーヤ」

「そうかい、リスト。みあげたリズム感《かん》だね」男の人はそういうと、いってしまいました。

「ラウハおばさん、ぼく、みたよ！」

「だれを？」

「ミスター・リンドベリ！」

ラウハおばさんは、あわててバルコニーにかけよってきました。

「どこに？」

「あそこ。このアパートからでてきたよ。名前はリンドベリ。たしかにそういったんだ」リストは、小さな点になってゆくすがたを指《ゆび》さしながら、いいました。

「ひとりだった？」ラウハおばさんは、さらにききました。

「だった」

「お金持《かねも》ちそうだった？」

「だった」

ラウハおばさんは、かんがえこみました。

（その人って、リンドベリ公園通りのリンドベリさんかしら。お金持《かねも》ちって、そうそうお金持《かねも》ちっぽくみえないものよね。むしろ、お金持《かねも》ちっぽいところをかくそうとす

るものだわ）

ラウハおばさんは玄関《げんかん》からでていきましたが、すぐに、息《いき》を切らしながらもどってきました。

「下よ、三階《かい》よ！　玄関《げんかん》にリンドベリって書いてあったわ！わたしたちのちょうど真下《ました》、リンドベリ公園通りのリンドベリさんにまちがいないわ！　いい、リスト、これからは、かしこく行動《こうどう》するように。ここでは、ミスター・リンドベリの望《のぞ》むように暮《く》らします。あの人はきっと、この通りだけじゃなくて、このあたりのアパートもぜんぶ持《も》っているのよ」

日が暮《く》れると、ラウハおばさんは話をするときも声をひそめるようになり、そっとしのび足で歩くようになりました。これも、ミスター・リンドベリに迷惑《めいわく》をかけないためです。

リストは、部屋《へや》を歩きまわりながら、手あたりしだいに引《ひ》っ越《こ》し用の段《だん》ボール箱《ばこ》やテーブルの角《かど》や窓《まど》わくを、お玉でコンコ

ンとたたいていきました。つぎに、段《だん》ボール箱《ばこ》のなかから鍋《なべ》と洗面器《せんめんき》を引っぱりだして、さかさまに引っくりかえすと、あわ立《だ》て器《き》でコンコンとたたきはじめました。

ラウハおばさんがやめさせようとすると、リストがいいました。

「さわいでなんかいないよ」

「ミスター・リンドベリも、そうかんがえてると思う？」

「思う」

「わかったわ。じゃ、どうぞ、コンコン続《つづ》けて。リストは音楽のセンスがあるわよ」

ラウハおばさんは玄関《げんかん》にむかうと、段《だん》ボール箱《ばこ》の上に腰《こし》かけて、受話器《じゅわき》をとりました。ラウハおばさんは、電話をかけて、相手《あいて》に商品《しょうひん》をすすめる仕事《しごと》をしています。

「もしもし、こちら、『ラップ・ギャロップ』のラウハ・ラッパーヤと申《もう》します。こんにちは。すこし、お時間いただけますか？　またとないチャンスのご案内《あんない》をさせていただきたいのですが。あら、お時間がとれない？　それは失礼《しつれい》いたしました」

ラウハおばさんはがっかりして、受話器《じゅわき》をおきました。そして、もういちど番号《ばんごう》を押《お》しました。ところが、リストがたたく音がどんどん激《はげ》しくなってきたので、ラウハおばさんは大声で話さなくてはいけなくなりました。

「もしもし、こちら、『ラップ・ギャロップ』のラウハ・ラッパーヤです。こんにちは！　お宅《たく》さまには、掃除機《そうじき》はございますか？」

「それが、なにか？」話《はな》し相手《あいて》がききました。

「なんですか？」

「だから、なんですか？」

「なんですかあ？」ラウハおばさんは大きな声でききかえしましたが、ガチャンと電話を切られてしまいました。

（いまのひとたちって、せかせかしてるのねえ。町はせっかちさんでいっぱいよ！用件《ようけん》をいうひまもなかったわ）

そして、リストの演奏《えんそう》にほこらしげにききいりました。

（ミスター・リンドベリもラッキーね。だって、こんなに才能《さいのう》のある男の子がここに越《こ》してきたんだもの。あら、こんどは歌いはじめた）

「パット　パット　ポッロ　マカレーナ

ティット　ティット　プッロ　プカレーナ
スッパ　スッパ　トッパ　バンボリーナ
フッパ　フッパ　ヴィッパ　ソレ　ミオ」
（あの子ったら、外国語で歌ってる！　好《す》きなだけ歌わせて、思うぞんぶん演奏《えんそう》させましょう。もしかしたら、将来《しょうらい》はオペレッタのスターになるかもしれないもの）

つぎの日の朝、ラッパーヤ家《け》の郵便《ゆうびん》受けがコトンと鳴りました。玄関《げんかん》には、一枚《まい》の紙切れがおちています。そこには、雑誌《ざっし》から切りぬいた文字がはりつけてありました。

ゆうべ、あなたがたの部屋《へや》から、バンバン、ガンガン、ワーワーという音がきこえました。
騒音《そうおん》がやまないようであれば、しかるべき処置《しょち》をとります。　住人《じゅうにん》より

ラウハおばさんは、おそろしくなりました。

「いったいどういうことかしら？　きのうの夜、ここで、バンバンたたいたり、ガンガン打ちならしたり、ワーワーさけんだりした？　どうなの、リスト」

リストはなにもこたえません。ラウハおばさんは、おちつかないようすで紙切れを裏返《うらがえ》しました。

「きっとミスター・リンドベリからよ！　しかるべき処置《しょち》って、どういうことかしら？　もしかして、わたしたちを追《お》いだすとか？　なんとかしなくちゃ。リスト、いそいで下にいって、ミスター・リンドベリのごきげんをとってきて。それで、もう家のなかでおしゃべりもしませんってつたえるのよ。ここに住《す》めるなら、ネズミみたいにおとなしくしていますって」ラウハおばさんは涙《なみだ》ぐみました。

リストはミスター・リンドベリの部屋《へや》にいくと、ドアベルを鳴らしました。白髪《しらが》頭《あたま》の男の人がなかからでてきて、やさしくたずねました。

「なにか用かな？」

「用です。ごきげんをとりにきました。ぼくらはネズミみたいにおとなしいです。ここに住《す》めるなら、もう家のなかでおしゃべりもしません」

「きみは、上に越《こ》してきた子だね。おばさんにいわれてきたのかな。まあ、なかへ入りなさい」

リストは、ミスター・リンドベリの居間《いま》に立って、ぐるりとみわたしました。

(穴《あな》あきマットに、めくれた壁紙《かべがみ》)

リストがかんがえていると、小さな犬がよってきてリストの手をペロリとなめました。

「なんて名前？」

「ヴァネッサ。ダックスフントだよ。こわがりだか

ら、そっとなでてあげて」


夕方になって、リストは本をわきにかかえて家に帰ってきました。

ラウハおばさんは、玄関先《げんかんさき》でびくびくしながら待《ま》っていました。

「立ちのき命令《めいれい》がでた？」ラウハおばさんの声はうわずっています。

「でてないよ。ちょっとごきげんをとってきた」

ラウハおばさんは、リストのかかえている本に目をとめました。

「なんの本なの？」

「犬の本。ヴァネッサの世話《せわ》ができるように、参考《さんこう》にどうぞって」

「ヴァネッサってだれなの？」

「ミスター・リンドベリのダックスフントだよ」

「ミスター・リンドベリは、わたしたちを追《お》いださないの？」

「追《お》いださないよ。週に一回、ヴァネッサをみにきていいって」

ラウハおばさんは、ほっとして玄関《げんかん》のいすに腰《こし》をおろしました。

(リストはミスター・リンドベリの家にちょくちょく通《かよ》うことになるのかしら。そうすると、いつかはわたしもってこと?)

「家のなかは、お金持《かねも》ちっぽかった?」

「そうでもなかった。穴《あな》があいてた」

「どこに?」

「すくなくとも、マットにまるい穴《あな》があいてた」

「ほーら、いったでしょ。お金持《かねも》ちは、お金持《かねも》ちっぽくみえないって。ミスター・リンドベリは、わざと穴《あな》のあいたマットをつかってるのよ。どろぼうが郵便《ゆうびん》受けから家のなかのようすをのぞいたときに、穴《あな》のあいたマットをみれば、ぬすみに入ってこないもの」

ラウハおばさんは自信《じしん》たっぷりにいうと、ぼろきれを編《あ》みこんだ玄関《げんかん》マットをみて、なにか思いつきました。

「リスト、ハサミを持《も》ってきて!」

リストがハサミをわたすと、ラウハおばさんはマットに小さな穴《あな》をあけました。

「まるいかしら？」

「まるくないよ」

ラウハおばさんは、穴《あな》をちょっぴり大きくしました。

「こんどは三角になった」

ラウハおばさんは、あせってきました。

「おかしいわね、たったひとつの穴《あな》ができないなんて」

ラウハおばさんは、ふんふんと鼻《はな》を鳴らしながら、穴《あな》をどんどん広げています。

「こんどは四角だ」

「形をととのえましょう」

ラウハおばさんはそういいながら、さらに切っています。

「やぶれちゃったよ！」

リストがいうとラウハおばさんは、ひめいをあげました。

「マットがぼろぼろだわ！　ミスター・リンドベリをお茶によばなきゃいけないっていうのに。玄関《げんかん》マットがないなんて」

「ミスター・リンドベリの家にもなかったよ」

「なかったの？」ラウハおばさんはおどろいています。

「うん、なかった。穴《あな》のあいたマットは居間《いま》にあったけど」

「あら、そう。よくよくかんがえてみれば、玄関《げんかん》マットなんて、まったく役《やく》に立たないって、わたしもずっと思っていたのよ。ミスター・リンドベリはかしこい人なのね」

ラウハおばさんは、うっとりしました。

「ミスター・リンドベリは、そうきていいねんたいいしょくしたんだって」

「そりゃそうよね、お金持《かねも》ちなんだもの。お金持《かねも》ちは早くに仕事《しごと》をやめるものよ」

リストは、眠《ねむ》くなったので自分の部屋《へや》にむかいました。そのとちゅう、郵便受《ゆうびんう》けの下におちていた紙切れにもういちど目をやりました。

（どうして自分で書かずに、わざわざ雑誌《ざっし》から文字を切りぬいたんだろう？　へんだな。さしだし人は、ほんとにミスター・リンドベリなのかな？　はっきりさせなきゃ）

排水管《はいすいかん》でフィッシング

　リストは、ラウハおばさんと買い物から家に帰るところでした。ラウハおばさんは、ずっしりと重《おも》たい買《か》い物袋《ものぶくろ》をふたつさげています。アパートがみえてくると、ラウハおばさんはカギをとりだしました。

「ラウハおばさん、カギをかして」

「さあ、どうしようかしら。五つのとき、あなた、カギを木に放《ほう》りなげちゃったから、おとなりさんの背《せ》の高い男の人に枝《えだ》をゆさぶって、おとしてもらったのよね」

「もう、なげたりしないよ」

　ラウハおばさんは、ミスター・リンドベリの部屋《へや》の窓《まど》をこっそりみました。

「下に住《す》んでるミスターにみられるかもしれないわ。お行儀《ぎょうぎ》よくしましょうよ」

ラウハおばさんは、黄色いキーホルダーがぶらさがったカギをリストにわたしました。そして、もういちどミスター・リンドベリの窓《まど》をちらっとみて、髪《かみ》をさっと耳にかきあげました。

「カギはだいじょうぶかしら?」

「だいじょーぶ」

「それじゃ、こっちにちょうだい」

「ちょっと待《ま》って」

「ほら、早くして。でないと、なかに入れないわ」

リストはポケットをがさごそさぐっています。

「あった」リストはいうと、せんぬきをとりだしました。

「ちがう、これだ」

ところが、ポケットからでてきたのは、コルクせんでした。

「あれ、なくなったみたい」リストはふしぎがっています。

「なくなった! どこにいっちゃったの?」ラウハおばさんは、ちぢみあがりました。

「わかんない」

ラウハおばさんは、ミスター・リンドベリがみているかもしれないということをわすれてリストをつかむと、ゆっさゆっさとゆらしました。

「おとしたのね！　どこ？　おしえてちょうだい！」

リストは建物《たてもの》の前に植《う》えられた芝生《しばふ》を指《ゆび》さしました。

「ここになのね？」ラウハおばさんはいまにも泣《な》きだしそうです。

「それか、こっち。それか、こっちか、こっちかな」

「今夜《こんや》は道でねることになるわ！　おなかをすかせて死《し》んじゃうか、凍《こご》え死《し》んじゃう」ラウハおばさんはキーキーわめいています。

ミスター・リンドベリは窓《まど》からようすをうかがっていましたが、ラウハおばさんは気づかずに、またリストをゆさぶりました。

「ここだったかも」リストは、芝生《しばふ》を指《ゆび》さしました。

ラウハおばさんは、おしりをつきだして芝生《しばふ》によつんばいになると、リストが指《ゆび》さした場所《ばしょ》をかりかりとほりかえしました。

「みつからないわ」ラウハおばさんは、力なく腰《こし》をあげました。

リストは別の場所《ばしょ》を指《ゆび》さして、こういいました。

「こっちかも」

ラウハおばさんはふたたびほりはじめましたが、リストは、こんどは排水管《はいすいかん》をさしてこういいました。

「いや、こっちだった！」

ラウハおばさんは、ショックのあまり、声をふるわせました。

「まじめにいってるの？」

「いってるよ。チャリーンって音がしたから」

ラウハおばさんは涙《なみだ》ぐんでいます。

「どうすればいいのよ？」

「だいじょうぶ、ぼくがなんとかするよ。ちょっと待《ま》ってて。あっ、ミスター・リンドベリは家にいるんだ、ほら、あっち」

「なんてこと！　よつんばいになったすがたをみられたかしら？」

ラウハおばさんは、かあっと赤くなって、スカートについた草をはらいおとすと、なにもなかったふりをして、リストの肩《かた》をポンポンとたたきました。

「だいじょうぶよ、リスト。なんとかなるわ」

リストがミスター・リンドベリのほうをちらりとみると、ミスター・リンドベリが窓《まど》をあけました。ラウハおばさんは窓《まど》にむかって何度《なんど》かうなずくと、にっこりとほほえみました。

「遊《あそ》びにいってもいい？」リストはそうさけぶと、階段《かいだん》をかけのぼっていきました。

ラウハおばさんはしゃがみこんで、ミスター・リンドベリの部屋《へや》の窓《まど》にほほえみながら草むしりをはじめています。

（こうやってよつんばいになってるのも、ずっと草をむしっているからって、思ってくれるはずよ）ラウハおばさんは、自分をなぐさめました。

しばらくすると、リストが長い棒《ぼう》を持《も》ってもどってきました。棒《ぼう》の先にはチューインガムをかんだかたまりがくっついています。ラウハおばさんの目は、ガムにくぎづけになりました。

リストは、ミスター・リンドベリから借《か》りてきた踏《ふ》み台《だい》を排水管《はいすいかん》の前においていて、その上にすわりました。そして持《も》ってきた棒《ぼう》をつかんで、排水管《はいすいかん》のふたの穴《あな》からさしこみました。

「そうそう、その調子《ちょうし》！」ミスター・リンドベリが窓《まど》から声をかけています。

（なにがなんだか、ちっともわからないわ。非常事態《ひじょうじたい》だっていうのに、どうしてミスター・リンドベリはリストを遊《あそ》ばせておくのかしら？）

それでも、ラウハおばさんはにっこりわらって、ミスター・リンドベリの窓《まど》をみあげました。

（ダメよ、おちつかなきゃ。わたしは、まったくもって冷静《れいせい》なのよ。わたしたちが落《お》とし物《もの》をしたなんて、ミスター・リンドベリに気づかれてはだめ。あの人の注意《ちゅうい》をそらさなきゃ）

ラウハおばさんは、カエデの大木《たいぼく》にゆったりともたれかかりながら、自分にいいきかせました。

「わたしたち、かくれんぼをしているんです。リスト、もういいよー！　リストー！」ラウハおばさんはそういいながら、カエデの木のかげにかくれました。

そこからちらっとのぞいてみましたが、リストがさがしにくるようすはありません。しだいに、アパートの窓辺《まどべ》に人びとが集《あつ》まってきました。つぎつぎにリストに大きな声でよびかけています。

「魚は釣《つ》れたのー？」

「なにか引っかかったー？」

「食《く》らいついたかね？」

やじ馬が何人か庭《にわ》にでてきて、リストを見守《みまも》っています。

しだいに、人だかりは大きくなり、リストは、ふしぎがってみにきた人たちにとりかこまれました。

ラウハおばさんは、カエデのかげにかくれたまま、しゃがみこんでいます。

（わたしがひとりでかくれん

ぼしているのをみて、ミスター・リンドベリはどう思ってるのかしら。もう一回、リストをよぶ必要《ひつよう》があるわね。いかにも、リストもいっしょに遊《あそ》んでいるってことをみせないと）

「もういいよー！」ラウハおばさんが大声をだすと、リストのまわりにいた人びとがいっせいにふりかえりました。

ラウハおばさんはちらりとすがたをみせましたが、木のかげにさっとかくれました。

（ますますおかしなことになっちゃったみたい）

排水管《はいすいかん》では、なにやら動《うご》きがありました。リストがなにかきらりと光るものを釣《つ》りあげると、観客《かんきゃく》からどよめきが起《お》こりました。

「そりゃ、あたしの結婚指輪《けっこんゆびわ》だよ！　二十五年も、そのなかにあったんだねえ」おばあさんが高らかに声をあげました。

おばあさんは、リストのほほにいきおいよくチュッとキスをすると、べとべとの指《ゆび》輪《わ》をぶらさげながら、家に持《も》ちかえりました。

アパートの住人《じゅうにん》のひとりが、釣《つ》りあげた宝《たから》を入れられるように、リストにバケツを持《も》ってきてくれました。

「またかかった」リストは穴《あな》からなにやらピンクの物体《ぶったい》を引きあげました。

すると、わかい女の人がそれをさっとつかんで、リストをぎゅっとだきしめました。

「エンマのおしゃぶりだわ！」

リストはふたたび棒《ぼう》をさしこみました。

「こんどのはデカイぞ」リストの声はいちだんと大きくなりました。

ラウハおばさんは、なにが起《お》こっているのか、気になってしかたありません。

（いったいあそこでなにが起《お》こってるのかしら。「もういいよ」なんていわなかったら、みにいけたのに。でも、さっきの「もういいよ」は冗談《じょうだん》だったっていえば、いってもおかしくないわよね）

「もういいよ、は冗談《じょうだん》です」ラウハおばさんは、だれにもききとれないくらいかぼそい声でいいました。

リストのまわりは、見物客《けんぶつきゃく》でごったがえしています。

つぎにチューインガムにくっついたのは、よごれてさびついたスプーンでした。

「うわっ、これはいらないや」

リストのその声に、年配《ねんぱい》の女の人が足を引きずりながら、人ごみをぬって前にでてきました。

「お宝《たから》をしらべてもよろしいかしら?」

女の人がスプーンについた汚《よご》れをこそぎとると、柄《え》に文字があらわれました。女の人はすばやく手でかくしました。

「これ、いただきます。五マルッカ(フィンランドの以前《いぜん》の通貨単位《つうかたんい》。一マルッカあたりおよそ二十円)でどうです?」

リストは迷《まよ》いました。女の人の目をみようとしましたが、帽子《ぼうし》をまぶかにかぶっていて、表情《ひょうじょう》がわかりません。

そこに、ミスター・リンドベリがあらわれました。

ラウハおばさんはカエデのうしろで、あたふたとあわてました。

(ミスター・リンドベリだわ! なにしようっていうのかしら?)

「すみませんが、こちらのスプーンは安《やす》くても二十マルッカの値打《ねう》ちがありますよ」

ミスター・リンドベリが女の人にいいました。

「いいでしょう」女の人はそっけなくいうと、財布《さいふ》の口をあけて二十マルッカをとりだしました。そして、リストのバケツにチャリンとおとしました。

リストは野球帽《やきゅうぼう》をぐいっとかぶりなおすと、腰《こし》をおろして釣《つ》りをつづけました。まわりの人たちは、こんどはなにが釣《つ》れるかと、ドキドキしながら待《ま》っています。となりのアパートに住《す》んでいるおばさんが、気をきかせて、みんなにフルーツジュースとワッフルのさしいれを持《も》ってきてくれました。みんな、うちとけておしゃべりをはじめ、こんなに楽しい集《あつ》まりはひさしぶりだ、とよろこんでいます。

ラウハおばさんは、カエデのかげにかくれたまま、陽気《ようき》なおしゃべりをふしぎに思いながらきいていました。

（どうしてみんな、あんなに楽しそうなのかしら）

排水管《はいすいかん》からなにも釣《つ》れなくなると、みん

なは家にもどっていきました。道すがら、こういう集《あつ》まりは週に一回はあってもいいね、と話しています。

リストは、ミスター・リンドベリとその場にのこりました。

（こんどはなにかしら。ミスター・リンドベリも釣《つ》りをしてるわ！　あら、でもやめて、こっちにくる！）

ラウハおばさんは、草むしりをはじめました。

「こんばんは」と、ミスター・リンドベリ。

「こんばんは。リスト、あなたったら、どこにいたの？　わたしは、ほら、ここで雑《ざっ》草《そう》をむしるのに夢中《むちゅう》だったから、あなたのこと、これっぽっちもかまうひまがなかったのよ」

リストは、片手《かたて》にカギを持《も》って、くるくるまわしています。もう片手《かたて》には、二十マルッカが入ったバケツを持《も》っていました。

ラウハおばさんはカギをみて、目をまるくしました。

「リンドベリおじさんが釣《つ》ったんだ」

ラウハおばさんはスカートで手をふくと、ミスター・リンドベリに握手《あくしゅ》をもとめました。

「ラウハ・ラッパーヤです」

「L《エル》・リンドベリです」

「それでは、わたしたちはこれで。ありがとうございました」ラウハおばさんはリストの手をぐいっと引っぱりながら、家へといそぎました。


家に着《つ》くと、ラウハおばさんはバケツの中身《なかみ》をしらべはじめました。

「ミスター・リンドベリはお金もくれたの？」

「くれたのは、年をとったおばさんだよ。ぼく、もうねる。おやすみなさい。半分の十マルッカは、ラウハおばさんにあげる」リストはあくびをしながらいいました。

ラウハおばさんはすっかりうれしくなって、十マルッカを財布《さいふ》にチャリンと入れると、紅茶《こうちゃ》を入れにキッチンへむかいました。

（もうすこしミスター・リンドベリとお話ししたほうがよかったかしら。でも、最初《さいしょ》から根《ね》ほり葉《は》ほりきくのも失礼《しつれい》よね。それにしても、L《エル》ってなんの頭文字《かしらもじ》かしらね。きっと、声にだしていえないくらい、すてきな名前なんだわ。ラッセ、ラルス、ルドヴィク、レイフ、ランブルスコ、ラーバン、それとも、ルシアーノ……。そうよ、ルシアーノ・リンドベリにまちがいないわ！）

カナダからきたおじさん

リストは庭《にわ》にでて、ひとりでボールをけっていました。

（しずかだな。昨日《きのう》、排水管《はいすいかん》に集《あつ》まってきた人たちは、どこに消《き》えちゃったんだろう？）

リストはアパートの部屋《へや》の窓《まど》をひとつひとつながめました。ラウハおばさんが窓際《まどぎわ》で手をふっています。

五階《かい》に目をやったときです。

（あっ、あそこにもだれかいる）

リストが気づいたとたん、五階《かい》の人物《じんぶつ》はさっと奥《おく》へ引っこんで、カーテンがしまりました。

そのままみあげていると、いきなり空に大きな広告《こうこく》があらわれました。広告《こうこく》は、飛《ひ》行機《こうき》の機尾《きび》に引っぱられていました。リストは、ゆっくり読んでみました。

本日は、お父さんと子どものサーカス観賞無料《かんしょうむりょう》デーです。


リストはいそいで家に帰りました。

「ラウハおばさん、お父さんはどこでもらえるの？」

「どうしてお父さんがいるの？」

「サーカスだよ。今日は、お父さんと子どもは、サーカスがタダでみられるんだ」

リストは、窓《まど》の外に目をやりました。

「ほら、あそこ！」

リストとラウハおばさんは、のぞきこむように道路《どうろ》をみおろしました。父親と子どもたちが、サーカス会場にむかって歩いています。

「むずかしくかんがえることないわ。わたしがお父さんになるわよ」

「お父さんにみえないよ」

「ちょっと待《ま》ってて」

ラウハおばさんはそうこたえると、部屋《へや》に入りました。しばらくすると、つけひげをつけ、帽子《ぼうし》をかぶって、だぼだぼのシャツに短《たん》パンをはいたラウハおばさんが、書類《しょるい》カバンを持《も》って、部屋《へや》からでてきました。

「お待《ま》たせ」

ラウハおばさんは、しゃがれ声でいいました。

「パパとよぶように。サーカスに書類《しょるい》カバンを持《も》っていくのはどうだろう。お父さんたちは、そういうカバンを持《も》ち歩《ある》いているものだろ?」

リストは、短《たん》パンからつきだした色白でガリガリの足をじっとみつめています。
「お父さんの足にみえないよ。お父さんの足には筋肉《きんにく》とすね毛《げ》があるんだよ」
「いいから、いくよ。でないと、まにあわないぞ」ラウハおばさんは、おかまいなしにいいました。

ラウハおばさんは、リストと手をつないで、サーカス会場にむかいました。書類《しょるい》カバンを持《も》っているお父さんはいませんが、みんな短《たん》パンをはいていました。リストは、おちつきなくきょろきょろして、ラウハおばさんとお父さんたちの足をくらべています。
ラウハおばさんの足は、だれがみても、いちばんガリガリで、いちばん白いので、いっしょに歩いているのがお父さんでないことに気づかれるのではないかと、リストはひやひやしていました。

サーカス会場の前では、わたあめを売っていました。

「ふたつ、もらいたいんだが。息子《むすこ》とわたしのぶん」ラウハおばさんは声をおとしていいました。

リストは、ラウハおばさんの手の赤いマニキュアに気がつきました。

ラウハおばさんは、わたあめにかぶりつきました。そのとたん、つけヒゲがわたあめにべっとりくっついてとれてしまいました。

「ヒゲ!」リストはみんなにきこえないようにいうと、ヒゲをさっとつかんで、ラウハおばさんの鼻《はな》の下につけなおしました。

ヒゲはピンク色にそまって、ふわふわになっています。

リストはあせりました。

(赤いマニキュアとピンクのヒゲ。どうか、バレずに入れますように)

会場の入り口には、重量《じゅうりょう》あげ選手《せんしゅ》のような男の人が立っています。

男の人は、来場者《らいじょうしゃ》が父親なのかどうかをみきわめようとしているようです。

（ここは、さっさと通りぬけよう）

男の人がラウハおばさんのピンクのヒゲをじっとみていることに気がついたリストは、あわてていいました。

「パパ！　サーカスのゾウが追《お》ってきたよ！　早くなかに入ろうよ」

「どこ？」ラウハおばさんは泣《な》きそうな声をだしながら、あわてて走りました。

「お待《ま》ちくださーい！」ふたりは、よびとめる声をよそに、何百人という観客《かんきゃく》にまぎれてベンチにすわりました。

リストのとなりには、がっちりした体ですね毛《げ》だらけの足をした男の人がすわっています。

オーケストラがファンファーレを鳴らすと、サーカス団長《だんちょう》がステージに登場《とうじょう》しました。

「いよいよね」

ラウハおばさんのきんきんした声をきいて、となりにすわっている男の人が、おばさんをじろじろみました。

「やった、やった、いよいよだあ」リストもかん高い声をあげて、拍手《はくしゅ》をしました。

さっきのきんきん声も自分の声だと男の人に思わせたかったのです。

サーカスのステージには、ピエロや空中ぶらんこ乗《の》りや馬やゾウが、休むひまなく次《つぎ》から次《つぎ》へと登場《とうじょう》しました。リストは歓声《かんせい》をあげ、ラウハおばさんは男らしく手をたたきました。

真打《しんう》ちは、サーカスの目玉「世界一《せかいいち》の力持《ちからも》ち女《おんな》」でした。ステージの中央《ちゅうおう》で、とほうもない大きさのバーベルを持《も》ちあげて、観客《かんきゃく》の喝采《かっさい》をあびています。

「みなさんのなかで、アシスタントをしてくれる人はいませんか」力持《ちからも》ち女《おんな》が観客《かんきゃく》によびかけました。

だれも名乗《なの》りでないので、力持《ちからも》ち女《おんな》はラウハおばさんにぱちりとウィンクしました。

「いっちゃダメだよ」リストは引きとめましたが、力持《ちからも》ち女《おんな》はむりやりラウハおばさんをステージに引っぱっていきました。

ドラムロールが鳴っています。力持《ちからも》ち女《おんな》はラウハおばさんを肩《かた》にかついで、ターザンのようにうおぉとおたけびをあげました。リストは、ラウハおばさんの白い足が空中をじたばたしているのをみて、はずかしくなりました。

ラウハおばさんは宙《ちゅう》に十回放《ほう》りなげられたうえ、投《な》げ縄《なわ》のようにぐるんぐるんとまわされています。

ラウハおばさんはひめいをあげ、観客《かんきゃく》は歓声《かんせい》をあげました。

「あんなたくましい男を、よくもまわせるもんだ」

観客《かんきゃく》のなかから、ささやきあう声がきこえます。それをきいたリストは、こくこくうなずきながらぐるりとみわたして、自分を指《ゆび》さしながらいいました。

「あれ、ぼくのお父さんだよ！　ぼくの！」

演技《えんぎ》が終《お》わると、ラウハおばさんはよろめきながら座席《ざせき》にもどってきました。観客《かんきゃく》が歓声《かんせい》をあげるなか、ラウハおばさんは、それにこたえるようにあちこちに頭をさげました。

サーカス団長《だんちょう》がステージにあがって観客《かんきゃく》に礼《れい》をすると、危険《きけん》をかえりみずに力持《ちからも》ち女《おんな》になげられた勇敢《ゆうかん》な父親に感謝《かんしゃ》のことばをのべました。

ラウハおばさんはふたたび立ちあがって、力こぶをつくってみせました。

「ステージに立つって気持《きも》ちいいわ！　リストもステージにあがってドラム演奏《えんそう》できたらよかったのに。でも、いつかきっと、ふたりでステージに立つときがくるわよ」ラウハおばさんはリストにこっそりいいました。

すべてのだしものが終《お》わり、観客《かんきゃく》は、テントからぞろぞろと流《なが》れるようにでていきはじめました。リストはほっと安心《あんしん》しました。

した。

（よし、バレなかった！）

人ごみのなかからリストに手をふっている人がいます。ラウハおばさんはさっとかがんでリストの背中《せなか》にかくれました。

「ミスター・リンドベリよ！」ラウハおばさんは小声でささやきました。

「こっちにくるよ。立ちあがったら」

「じゃあ、わたしのこと、遠くカナダからきたおじさんで、フィンランド語は話せないってことにしてよ」ラウハおばさんはリストにあわてていいました。

ミスター・リンドベリが握手《あくしゅ》をもとめてきたので、ラウハおばさんは立ちあがりました。

「すばらしい演技《えんぎ》でしたよ」

「遠くカナダからきたおじさんで、フィンランド語はできないんだ」

ラウハおばさんは、こくんとうなずきました。

「むむむ、むむ、むむ」ラウハおばさんが声をだすと、ミスター・リンドベリがこういいました。

「なるほど」


ラウハおばさん、リスト、そして、ミスター・リンドベリの三人は、いっしょに帰ることになりました。ラウハおばさんの正体《しょうたい》がバレないように、リストがかわりに話しています。

「いつかはおじさんといっしょにステージに立つんだ。ぼくがドラムをたたいて、おじさんが力こぶをつくる。おじさんのアイデアだよ」

「それはまた、おもしろそうですね」ミスター・リンドベリはそういうと、ラウハおばさんのよわよわしい腕《うで》をみました。

ラウハおばさんはきいていないようです。三人がアパートの表玄関《おもてげんかん》に着《つ》いたとき、ミスター・リンドベリがききました。

「おじさんはお宅《たく》に泊《と》まっているのかな？」

ラウハおばさんは、こくんとうなずきました。

「むむ、むむ」

ラウハおばさんはいきなり階段《かいだん》をかけあがりました。そのようすにおどろきながら、ミスター・リンドベリがいいました。

「おや、いそぎの用事《ようじ》でもできたのかな」


ラウハおばさんは、着《き》がえをしながら、つけヒゲがなくなっていることに気がつきました。

「ねえ、リスト。ミスター・リンドベリは、わたしのこと、おじさんだと思ってくれたかしら？」

しばらくして、ドアベルが鳴りました。ラウハおばさんがドアをあけると、そこにミスター・リンドベリが立っていました。

「こんばんは。リストのおじさんがヒゲをおとされましたよ。階段《かいだん》におちてました」

「まあぁ。おじさんは、いつもそそっかしくて。たったいま、カナダに帰ったんです。こっちの夏はすごく寒《さむ》いって！」

「おふたりとも、そっくりですね。ふたごですか？」

「ええ、一卵性《いちらんせい》の」

「そうだと思っていました」ミスター・リンドベリはそういいのこして、でていきました。

（うまく切りぬけたわ）

ラウハおばさんが思うのと同時に、リストは玄関《げんかん》マットにおちている紙切れに気づきました。また雑誌《ざっし》から切りぬいた文字がならんでいます！　ラウハおばさんが読みあげました。

バンバン、ガンガンという音がやまないようなので、警告《けいこく》します。　住人《じゅうにん》より

「この〝住人《じゅうにん》〟って、ほんとにミスター・リンドベリかしら？　あの人、とっても感《かん》じのいい男の人よ。住人《じゅうにん》っていったいだれなのかしらね」

「ミスター・リンドベリじゃないよ」

「どうしてそう思うわけ？」

「なんとなく」

忘《わす》れ物《もの》はピストル⁉

ラウハおばさんはバルコニーにすわって、道路《どうろ》をみおろしていました。ぎゅうぎゅうづめの車がぞくぞくと田舎《いなか》にむかっています。子どもと犬をのせたステーションワゴン、タンデムバイク、サイドカー付《つ》きオートバイ、若者《わかもの》であふれたオープンカーが通りすぎていきました。

そして、ふっとしずかになりました。

(町が空《から》っぽになっちゃったわね。もうちょっとすれば、この町にはわたしとリストしかいなくなるんだわ)

ラウハおばさんは、ふぅとため息《いき》をつきました。する

と、アパートの前に一台のタクシーがブオンと音を立ててとまりました。タクシーに、ミスター・リンドベリがサウナ用のヴィヒタを持《も》ってのりこんでいます。ヴィヒタは、シラカバの若枝《わかえだ》をたばねたもので、水にひたしたあと、サウナであたたまった体をポンポンとたたいて血行《けっこう》をよくするものです。

（ミスター・リンドベリもいっちゃうのね。ヴィヒタなんか持《も》って、本格的《ほんかくてき》。フィンランドの夏を楽しむんだわ）

ラウハおばさんはまたひとつ、ふぅとため息《いき》をつきました。

「リストー！　あなたもバルコニーにいらっしゃいよ。とってもしずかでいいわよ。ふたりっきりになれるなんて、ファンタスティックねぇ。さあ、なにをしようかしら？　バルコニーでピクニックでもする？」

「はあ？」リストはおかまいなしにドラムをたたいています。

リストの部屋《へや》は、洗面器《せんめんき》や鍋《なべ》やバケツやピッチャーであふれています。あわ立《だ》て器《き》やお玉やペンが、つぎつぎとドラムスティックにかわりました。

（こんなのって、たまらないわ。リストがまだ小さくて、今日がなんの日かわかっていないのが、せめてもの救《すく》いね。今日は夏至《げし》の前日よ。フィンランド人にとっては、クリスマスと同じくらい大切な日。みんな、都会《とかい》をはなれて田舎《いなか》の湖《みずうみ》でサウナに入ったり、かがり火をたいて、夏がきたことをおいわいする、夏の一大イベントの日なのよ！　それなのに、わたしたちときたら、どぶネズミみたいに町で足どめをくらっているなんて）

「ほんと、みんなせかせかしてるわね。いつだって田舎《いなか》にでかけなきゃならないんだもの。この世《よ》の終《お》わりみたいに大騒《おおさわ》ぎしちゃって、おちつかないんだから！　いそがなくたって、場所《ばしょ》はあるのにね」ラウハおばさんはリストによびかけると、ラジオをつけました。

「夏の一大イベントがいよいよはじまりました。サマーコテージにむかう交通の渋滞《じゅうたい》はおちつきつつあります。いまごろ、みなさんは湖《みずうみ》のほとりで夏至《げし》をむかえる準備《じゅんび》をしていることでしょう。ちょうどいまの時間帯《じかんたい》ですと、何千という湖岸《こがん》のサウナ小屋があたためられて……」

ラウハおばさんはラジオのスイッチを消《け》して、リストをちらりとうかがいました。

リストはどうやらきいていなかったようです。

（さあ、なにかかんがえなくちゃ）

ラウハおばさんは意気《いき》ごんで部屋《へや》にむかうと、花柄《はながら》のワンピースに着《き》がえました。

それから、バルコニーの角にシラカバの枝《えだ》をどんどんつきたてて飾《かざ》りました。そして、フィンランドの大作曲家《だいさっきょくか》オスカル・メリカントの『夏の夜のワルツ』をハミングしながら、バルコニーでくるくるおどっています。

「ジュースよ！」

リストはめんどくさそうにバルコニーにやってくると、ぐいっと一気に飲《の》みほしました。

「さあ、わたしのとなりにすわって。夏の夕べを楽しみましょ」ラウハおばさんはグラスにジュースを注《つ》ぎたしました。

リストとラウハおばさんは、しばらくいっしょにならんですわっていました。

「もういっていい？」

「まだダメ」ラウハおばさんはリストの手をぎゅっとにぎりましたが、リストは手を引っこめました。

「いい、リスト。夏至《げし》っていうのは、昼がいちばん長い日なのよ。わたしがわかいときは、ひとばんじゅう、ずっと起《お》きてたんだから」

「もういっていい？」リストはまたききました。

「しかたないわね、どうぞ」ラウハおばさんは、もういちどラジオをひねりました。

「ハーモニカの切《せつ》ない音が湖《みずうみ》に響《ひび》きわたっています。さあ、最初《さいしょ》のかがり火がたかれました。ダンスフロアやホームパーティーでは人びとが集《あつ》まって

……」

ラウハおばさんはカチッとスイッチを切って、外をながめました。道ゆく人のすがたはなく、車も一台も走っていません。

（せめて、消防車《しょうぼうしゃ》か救急車《きゅうきゅうしゃ》が通ればいいのに。なにか起《お》こらないかしら。リストとわたしがここにいることを知っている人は、だれもいない。こっちをみてる人もいない。だれもわたしたちに気づかないなんて。この世界《せかい》では、自分でなにか起《お》こさないかぎり、だれも気づいてくれないんだわ。大きな声でもだしてみようかしら）

「みなさーん、わたしたちはここにいますよ！」

ラウハおばさんがバルコニーからぐいっと下をのぞきこんだ、そのときでした。タクシーがやってきて、アパートの前にとまりました。ラウハおばさんは、タクシーにのってきた人たちをみようと、バルコニーのすみにさっとかくれました。

タクシーからまずおりてきたのは、小さな男の子でした。そして、あとから女の人がすがたをあらわしました。男の子は、頭に包帯《ほうたい》を巻《ま》いています。

「リストッ！　こっちにきて。早く！」

ラウハおばさんは、興奮《こうふん》のあまり、かすれた声をだしました。

ところが、リストがスティックを手にバルコニーにきたときには、男の子と女の人はもう建物《たてもの》のなかに入ってしまい、タクシーもいってしまったあとでした。

「どうしたの?」

「人がいたのよっ」

ラウハおばさんの声はいきいきしています。

「どこに?」

「もういないけど。いっちゃったわ」

すると、とつぜん、同じタクシーがアパートの前に入ってきました。

「こんどはなにかしら?」

ラウハおばさんは声をあげました。

さっきの女の人が建物《たてもの》からでてきてタクシーにのりこむと、運転手《うんてんしゅ》から黒いピストルをとりあげました。すると、はだかの男の子が走ってきて、女の人にだきつきました。女の人は、男の子をピストルで家に追《お》いたてて、自分もなかに入っていきます。

「なんてこと！　女の人はピストルを持《も》ってたわ！」

ラウハおばさんは、あわててリストを部屋《へや》に引っぱり入れました。

「気づかれちゃダメよ。目撃者はわたしたちだけなんだから。あの女の人は男の子のお母さんでもおばさんでもなくて、男の子を人質《ひとじち》にしようとしている犯人《はんにん》にまちがいないわ」

ラウハおばさんとリストは、上の階《かい》でバターンといきおいよくしまるドアの音にびくっとしました。

「ふたりはつまり、わたしたちの部屋《へや》の真上《まうえ》に入っていったのね」ラウハおばさんはいいました。

「それって、五階《かい》？」

ラウハおばさんは、こくんとうなずきました。

「あそこに住《す》んでるのは、だれかにみられると、いつもカーテンをしめる人だよ」

ラウハおばさんはリストの話をきいていません。

「おかしいわ。うんともすんともきこえてこないなんて。いったいなにが起《お》こってるのかしら？」

リストも立ちどまって、耳をすましました。

「なにかきこえる？」

「きこえない」

「警察《けいさつ》に電話したほうがいいかしら？」

「したほうがいいよ」

リストはうきうきしながら、自分の部屋《へや》から警察《けいさつ》バッジとピストルを持《も》ってくると、バルコニーにでて、さけびました。

「かかってこい！」

ラウハおばさんは花柄《はながら》のワンピースをぬいで、きちんとしたスーツに着《き》がえました。そして、ぞうきんで本棚《ほんだな》とテーブルのほこりをささっとふきとると、警察《けいさつ》に電話をかけて事情《じじょう》を説明《せつめい》しました。

「すぐにくるって！」ラウハおばさんの声も、はずんでいました。

ドアベルが鳴って、警官《けいかん》がふたり、なかに入ってきました。

ラウハおばさんは上の階《かい》を指《ゆび》さしました。

「ピストルを持《も》っています。なにかおそろしいことが起《お》こる前に、すぐにむかってください。ずいぶん長いこと、音がしないんですよ」

警官《けいかん》は肩《かた》をいからせて、ずんずんと階段《かいだん》をあがっていきました。

リストはみつからないように、ふたりのあとを追《お》いかけると、ろうかにそっとかくれて、玄関《げんかん》のひらく音をきいていました。

女の人は、息子《むすこ》がおもちゃのピストルをタクシーにわすれてしまったのだと説明《せつめい》しています。

「なにかおかしなところでも？　タクシー会社に電話して、同じタクシーをよびだして、ここまでもどってきてもらったんですよ。それで、ピストルをとりにタクシーにむかったら、息子《むすこ》があとから追《お》いかけてきたんです。アンテロっていうんですけどね、もうねようとしていたので、服《ふく》をぬいでいましたけど。息子《むすこ》がテーブルの角《かど》に頭をぶつけてしまって、病院《びょういん》に連《つ》れていくために、しかたなくタクシーにのったんですよ」

「アンテロくんは、どうしてテーブルの角《かど》に頭をぶつけたんですか？」警官《けいかん》のひとりがたずねました。

「遊《あそ》び相手《あいて》がいないと、あばれるんです。みんな、夏至《げし》で田舎《いなか》に帰っていますからね」

「とりあえず、公共《こうきょう》の場でさわぎをおこさないようにしてください」

「でも、息子《むすこ》はちらっとしか外にでていません」

「それでも、となり近所《きんじょ》の迷惑《めいわく》になりました」警官《けいかん》はきつくいいました。

「あら、みんな休暇《きゅうか》で家にいませんよ」

警官《けいかん》がいってしまうと、リストはその家のドアベルを鳴らしました。

「ぼくはいるよ」

真夜中《まよなか》になろうとしていました。ラッパーヤ家《け》から、バンバン、ガンガン、ワーワーというおたけびがきこえます。

ラウハおばさんは耳栓《みみせん》をして、バルコニーにすわっていました。

(ほんとに気持《きも》ちよくって、たいくつしない夏至《げし》だわ)

ラウハおばさんは、ライ麦のクリスピーをかじりました。

(あの子たち、ドラムをたたいてもう三時間になるわ。そろそろ終《お》わりにするように、声をかけてもいいわよね)

ラウハおばさんがそう思ったとき、ドアベルが鳴りました。

「どうも。アンテロをむかえにきました。もういいかげんいいでしょ」

アンテロのお母さんがぴしゃりといいました。

「リスト、いいかげんにしなさーい!」

ビートはますます激《はげ》しくなりました。

「きこえてないのね」と、ラウハおばさん。

「ああ、そう」

アンテロのお母さんは、ずんずんとリストの部屋《へや》へむかいました。

ビートはぴたりとやみました。ほてって汗《あせ》だくになったアンテロが、お母さんのあとをついて玄関《げんかん》にやってきました。

「ラウハ・ラッパーヤです。よい夏至《げし》を」

ラウハおばさんは自己紹介《じこしょうかい》しました。

「テッレルヴォ・ヒンベリといいます」

「あら、そうですか、えっ、リンドベリ！」

ラウハおばさんは、はっと息《いき》をのみました。

「そう、ヒンベリです」

テッレルヴォがくりかえしました。

ラウハおばさんは、あいそよくにっこりわらって髪《かみ》をかきあげると、いいました。

「あら、まだいかなくっても。クレープなんかいかがかしら！」

「やった！」

アンテロは、はしゃいでキッチンにむかいました。

「ストーップ！　うちでは、はじめてうかがった先では、いっさい口にいたしませんので」

「じゃあ、明日《あす》は？　いっしょにピクニックなんていかが？」

迷子《まいご》になったふたり

つぎの日の朝早く、ラウハおばさんは、足音をしのばせて玄関《げんかん》にむかいました。玄《げん》関《かん》マットに〝住人《じゅうにん》〟からメッセージがきていないかみるためです。

(なんにもないわ。きのうなんか、ほとんどひと晩中《ばんじゅう》さわいでいたのに！　ミスター・リンドベリは休暇《きゅうか》でいないから、騒音《そうおん》はきいていないわよね。ということは、やっぱり〝住人《じゅうにん》〟はあの人なのかしら？)

「ラウハおばさん、きょうもまたバルコニーでジュースを飲《の》むの？」

目をさましたリストが、ラウハおばさんによびかけました。

ラウハおばさんは、いそいで花柄《はながら》のワンピースに着《き》がえています。

「飲《の》まないわ。いまから、ミスター・リンドベリの親戚《しんせき》の人たちとでかけるんだから。ピクニックにね」

「あの人たちって、ミスター・リンドベリの親戚《しんせき》なの？」

「もちろんよ。テッレルヴォの鼻《はな》は、ミスター・リンドベリの鼻《はな》とそっくり。すてきな形よねえ。でも、アンテロには親戚《しんせき》のことについて、ひとこともきいたりしないこと。ずうずうしい印象《いんしょう》は禁物《きんもつ》よ」


リストとラウハおばさんは、道ばたでふたりとおちあいました。リストは、鼻《はな》の形をみようと、横《よこ》からテッレルヴォの顔をのぞきこんでいます。

「なにをみてるんです？」テッレルヴォがききました。

「すくなくとも、鼻《はな》じゃないよ」

「ちがうのよ、きっと虫かなにかがくっついていたんだわ。ほんとにリストはよく気がつく子なの」

ラウハおばさんが説明《せつめい》しました。

「わたしの鼻《はな》に！」

テッレルヴォがひめいをあげました。

「じゃなくて、鼻《はな》のあたりよ。鼻《はな》のなかにはいりそうだったわ」

「ハチ！」

テッレルヴォがするどい声をあげました。

「ハチみたいだったよ」

「わたしはハチアレルギーなのよ！　さっさとでかけましょ！　場所《ばしょ》はどこなんです？」

リストは指《ゆび》さししました。

「あそこだよ。岩の近く」

テッレルヴォは、ピクニックバスケットを腕《うで》にぶらさげて、その場からすごいいきおいで走りだしました。

ラウハおばさんが芝生《しばふ》にテーブルクロスを広げると、みんなはいっせいに食べはじめました。サンドイッチにミートボール、ゆで卵《たまご》にトマト。デザートはココア生地《きじ》にバニラ風味《ふうみ》のバタークリームをはさんだ「夢《ゆめ》のロールケーキ」です。

バスケットの中身《なかみ》がすっからかんになると、アンテロはリュックからハサミと雑誌《ざっし》を二冊《さつ》引っぱりだしました。

「なにかつくらない？」

アンテロはリストにいうと、雑誌《ざっし》からA《エイ》という文字を切りぬきました。

ラウハおばさんは、ぎょっとしました。

「アンテロは、雑誌《ざっし》から文字なんかを切りぬくの？」

「ええ、すごく上手《じょうず》に」

テッレルヴォがほめそやします。

ラウハおばさんの心臓《しんぞう》は高鳴りました。

「ちょっときいてもいいかしら。アンテロは、文字をはりつけたりもするの？」

「ええ、小さいころからずっと」

ラウハおばさんはテッレルヴォにぐっと近よって、ささやきました。

「それで、はりつけた文字を郵便受け《ゆうびんうけ》にいれたり、送《おく》りつけたりするのかしら？」

テッレルヴォはけげんそうに、ラウハおばさんをみました。

「そんなことはしません。どうして、うちの子がそんなことを？」

（犯人《はんにん》はミスター・リンドベリじゃないわ。ああ、わたしったら、どうしてあの人を疑《うたが》ったりしたのかしら。そう

よ、犯人《はんにん》は、このかわった男の子なのよ。見た目はふつうそうなのに、中身《なかみ》はわるがしこいキツネだわ！）

ラウハおばさんは、話題《わだい》をかえました。

「でも、わたしのほかにもおばさんがいたなんて、うれしいわぁ」

テッレルヴォは、びっくりしたような顔をしました。

「おばさんって、どういうこと？」

「わたしはおばさん、あなたもおばさん」

「ちがうわ、ラウハ。そうはなりません。あなたはおばさん、わたしはお母さん」

「わたしだって、ほとんどお母さんだわ」

ラウハおばさんは、ほこらしげにいいました。

「じゃあ、リストのほんとうのお母さんはどこにいるんです？」

「リストの母親は、いろんな民族《みんぞく》の太鼓《たいこ》のたたきかたを研究《けんきゅう》していて、いまは、コートジボアール大学にいってるの。わたしは、かわりのお母さんってところかしら。リストは、ほとんどわたしといっしょに暮《く》らしてきたのよ。父親はもういないの」

テッレルヴォは芝生《しばふ》に横《よこ》になりました。

「ちょっと昼寝《ひるね》するわ」

ラウハおばさんは、テッレルヴォのとなりに横《よこ》になりました。

「そうね、わたしも」

テッレルヴォはラウハおばさんに背中《せなか》をむけて、はぁとため息《いき》をつきました。ラウハおばさんも、はぁとため息《いき》をつきました。

リストとアンテロはサッカーボールを持《も》って、遊《あそ》びにいこうとしています。

「あまり遠くにいかないでよ。わたしたちの目のとどくところにいてよ」

ラウハおばさんは、ふたりにむかってさけびました。

「そういう注意《ちゅうい》はアンテロに必要《ひつよう》ないわ。いわなくても、いつも近くにいるから」

(そう思ってるのはあなただけよ) ラウハおばさんは思いました。そして、体を起《お》こしました。

「こんなふうに、アウトドアとランチをいっしょに組みあわせるのもいいわねえ。ところで、アンテロは外で遊《あそ》んだりするのかしら？　それとも、一日じゅう、家にいてなにかつくってるの？」

「よく外で遊《あそ》びますよ」

（うそよ。だって、外で遊《あそ》んでいるところをみたことがないもの。アンテロがいつもなにをしているのかわかってしまえば納得《なっとく》するけどね）

「でも、すごい偶然《ぐうぜん》だと思いません？　リンドベリ公園通りに住《す》むことになるなんて。あなたがたの名字《みょうじ》が名字《みょうじ》ですもの」

「なにがそんなにすごいんです？」

テッレルヴォは、けげんそうな顔をしました。

「わたしたちの下の階《かい》に住《す》んでいるのも、リンドベリさんっていうのよ」ラウハおばさんはそこまでいうと、すーっと深呼吸《しんこきゅう》しました。

「もしかして、親戚《しんせき》だったりするのかしら？」

「まさか」

「どうかしら？」

「そうかもね」

「そうかもっていうことは、お身内《みうち》だったりするのかしら？」

ラウハおばさんは、ずうずうしくなってきました。

「あの子たちは、だいじょうぶでしょうね？　わたしは、ちょっと休むわ」

（ミスター・リンドベリのことをきかなきゃならないのに）ラウハおばさんはあわてました。

「ミスター・リンドベリはどうやら旅行中《りょこうちゅう》みたいなの」ラウハおばさんはききだそうとしましたが、テッレルヴォはもういびきをかいていました。

（親戚《しんせき》かも。うんと近しい身内《みうち》かも）ラウハおばさんは、ぶつぶつひとりでつぶやきながら、テッレルヴォの鼻《はな》をいろんな角度《かくど》からチェックしました。

（ほんとに、すてきな形）

ラウハおばさんもごろんと横《よこ》になりました。するとまぶたが重《おも》くなって、すぐにいびきをかきはじめました。

しばらくしてテッレルヴォは、はっと目をさましました。そして、ラウハおばさんをゆさぶりおこしました。

「たいへん！　二時間もねちゃったわ！　息子《むすこ》たちはどこ？」

テッレルヴォは、もういちどラウハおばさんをゆさぶりましたが、ラウハおばさんは寝言《ねごと》をつぶやくだけです。

「ミスター・リンドベリ……ミスター・リンドベリ……ルシアーノ、ルシアーノ……」

「起《お》きて。子どもたちのすがたがみえないのよ！」テッレルヴォはさけびました。

ラウハおばさんとテッレルヴォは、ふたりの名をよびました。最初《さいしょ》はふつうによんでいたのに、その声はだんだんせっぱつまってきて、ラウハおばさんはすっかり涙声《なみだごえ》になってきました。ふたりは森をかけずりまわって、子どもたちをさがしています。

「さっきまでここにいたのよ。ああ、あの子たち、どこにいったのかしら？」

「わたしのアンテロは、いつも目のとどくところにいるのに」

「わたしのリストだってそうよ」ラウハおばさんは鼻《はな》をすすりました。

「がけっぷちにいって、おちちゃったのかしら」

「わたしのアンテロは、絶対《ぜったい》にがけっぷちになんていかないわ」

「わたしのリストだってそうよ」

「もしかして、誘拐《ゆうかい》されたってことも。ただし、わたしのアンテロは絶対《ぜったい》に知らない人についていかないわ」テッレルヴォの声はふるえています。

「わたしのリストだってそうよ」ラウハおばさんは、わんわん泣《な》いています。

「警察《けいさつ》よ！」テッレルヴォはひめいをあげました。

「そうよ！」ラウハおばさんは大声をあげました。

「なんてこと。わたしのアンテロが警察《けいさつ》のお世話《せわ》になるなんて……」テッレルヴォは声をつまらせました。

「わたしの、リストだって、そうよぉ」ラウハおばさんの声は消《き》えいりそうです。

「あった、公衆電話《こうしゅうでんわ》よ」テッレルヴォはひと声あげ

て突進《とっしん》すると、警察《けいさつ》に電話をかけました。

パトカーが到着《とうちゃく》したとき、ラウハおばさんとテッレルヴォはまっ青《さお》になって、ならんですわっていました。ふたりは、子どもたちを最後《さいご》にみたのがどこで、どんなようすだったのか、とりみだしながら、まくしたてるように説明《せつめい》しました。

警官《けいかん》がパトカーのうしろのドアをあけると、ラウハおばさんとテッレルヴォは飛《と》びのりました。

「あら、どきどきするわ」ラウハおばさんはそういうと、にんまりしました。

「わらいごとじゃないでしょ」テッレルヴォは、むっとしました。

パトカーは近所《きんじょ》をぐるりと巡回《じゅんかい》することになりました。

ラウハおばさんとテッレルヴォは、窓《まど》にへばりついて外をみています。リストとアンテロのすがたはありません。そのかわりに、思いがけずミスター・リンドベリに会いました。

ラウハおばさんが手をふると、ミスター・リンドベリはぎょっとしたようにパトカーをのぞきこんで、帽子《ぼうし》を持《も》ちあげて会釈《えしゃく》しました。

「ひょんなところで会うもんだわ。でも、手をふらなきゃよかった。わたしたちが犯《はん》罪人《ざいにん》だって、ミスター・リンドベリに思われちゃったわね」ラウハおばさんは、はずかしくなりました。

（ミスター・リンドベリは休暇《きゅうか》からもどってきたってことね）

ラウハおばさんが思っていると、テッレルヴォが警官《けいかん》に声をかけました。

「ぐるぐるまわってるだけじゃ意味《いみ》ないわ！　スピーカーでよびだして！」

警官《けいかん》は、自分たちよりも事情《じじょう》をわかっているラウハおばさんとテッレルヴォによびかけるよう、提案《ていあん》しました。

パトカーが停車《ていしゃ》して、うしろのドアがあくと、ラウハおばさんがよびかけました。

「リスト、こちらラウハおばさん、ラウハおばさん！　リスト、きこえますか？」

テッレルヴォは、ラウハおばさんのよびかけにいらいらしました。

「そちらだとか、こちらだとか……。まったく意味《いみ》のないよびだしね！　こっちにメガホンをよこして！」

テッレルヴォは、メガホンにむかってさけびました。

「地域《ちいき》のみなさま、地域《ちいき》のみなさま。非常事態発生《ひじょうじたいはっせい》、非常事態発生《ひじょうじたいはっせい》！　迷子《まいご》の二名が行方不明《ゆくえふめい》！　目撃者《もくげきしゃ》はパトカーまでおねがいします！」

「パトカーがどこにあるか、みんなわからないわよ」ラウハおばさんは、メガホンをとりあげました。

「地域《ちいき》のみなさま、地域《ちいき》のみなさま。パトカーはこの一帯《いったい》をパトロールし続《つづ》けます。

警察
POLICE
POL-1151

どうぞ、みなさま、サイレンの鳴るほうへ！」

警官《けいかん》は車による捜索《そうさく》を中断《ちゅうだん》しました。ラウハおばさんとテッレルヴォには、メガホンでこの区域《くいき》を捜索《そうさく》できるように許可《きょか》をあたえました。

「息子《むすこ》さんたちを発見《はっけん》したら、おふたりをよびにきますから」警官《けいかん》がいいました。


このさわぎのあいだじゅう、リストとアンテロは大きな石のかげで、ミミズをほっていました。ラウハおばさんとテッレルヴォは、そこまで目がいかなかっただけだったのです。リストとアンテロにはふたりの声がきこえていましたが、ミミズほりに熱中《ねっちゅう》して、返事《へんじ》をするひまがありませんでした。

リストとアンテロは、ミミズがうようよつまったビンを持《も》って、ピクニックをしていた場所《ばしょ》へもどってきました。ところが、そこにあったのはテーブルクロスと、からっぽのバスケットだけでした。

すると、なにやら警察《けいさつ》からのお知らせがきこえてきました。はっきりとききとれたのは、このあたりで迷子《まいご》になった人がふたりいるということでした。パトカーがみえたので、ふたりは車をよびとめました。

「迷子《まいご》のふたりを知ってるよ。名前はラウハとテッレルヴォ。かたほうはやせていて、かたほうはふとめだよ」

「ふむ、さらに行方不明者《ゆくえふめいしゃ》か。助《すけ》っ人《と》が必要《ひつよう》だな、署《しょ》に電話をいれて、捜索《そうさく》にくわわってもらおう。きみたちはこのまま行方不明者《ゆくえふめいしゃ》の捜索《そうさく》を続《つづ》けて、なにかみつけたら報《ほう》告《こく》してくれるかい。ところで、きみたちは？」

「ドラマーボーイズ」リストがこたえました。

「ふむ」

しばらくすると、ラウハおばさんとテッレルヴォが警官《けいかん》のところにもどってきました。そして、行方不明者《ゆくえふめいしゃ》が四名になっていることを知りました。

ヘリコプターがブオンブオンと上空を飛《と》び、報道機関《ほうどうきかん》やテレビ局《きょく》が現場《げんば》にかけつけました。そのとき、ラウハおばさんとテッレルヴォは、ばったりふたりにでくわしました。

「わたしのリスト！」ラウハおばさんはリストをだきよせましたが、リストはあとずさりました。

「あぁ、わたしのかわいいコブタちゃんは、いったいどこにいってたの？」

ラウハおばさんはそういうと、ぎろっとアンテロをみました。

テッレルヴォは鼻《はな》をすすりながら、アンテロをしっかりだいていました。

「ぼくたち、ミミズをほってたんだ。こんなにみつかったよ」

リストはビンからまるまる太ったミミズをとりだして、ラウハおばさんとテッレルヴォの目の前でぶらんぶらんとゆらしました。

「アンテロはミミズを一匹《ぴき》、味見《あじみ》したんだ」

テッレルヴォは顔をしかめました。

「舌先《したさき》でちょっとなめただけだよ」アンテロがいいました。

「たとえ、リストがミミズを食べていても、どうでもいいわ。大事《だいじ》なのは、リストがここにいるってこと」

スピーカーから、よびだしがきこえます。

「地域《ちいき》のみなさま、地域《ちいき》のみなさま。警察《けいさつ》からのおねがいです。部外者《ぶがいしゃ》のかたは、この区域《くいき》から立ちのいてください。ただいまより、いっせい捜索《そうさく》をおこないます。この地域《ちいき》で四名の行方不明者《ゆくえふめいしゃ》が報告《ほうこく》されました！」

「この地域《ちいき》って、ほんとに危険《きけん》ね。また迷子《まいご》になったらたいへんよ。いそいで家に帰りましょ」ラウハおばさんは、おろおろしながらいいました。


その日の夕方、テッレルヴォとアンテロは、リストとラウハおばさんの家のソファにすわっていました。

「ニュースがはじまるわよ！」

ラウハおばさんはテレビをつけました。

「今日は、全国的《ぜんこくてき》におだやかな夏至《げし》となりましたが、マゴコロ山地域《ちいき》で、四名の行方《ゆくえ》不明者《ふめいしゃ》が報告《ほうこく》されました。大規模《だいきぼ》な捜索《そうさく》はいまもつづいています。ヘリコプター四機《き》、陸軍《りくぐん》二隊《たい》、警察署《けいさつしょ》をあげて捜索《そうさく》にあたっています。行方不明者《ゆくえふめいしゃ》の特徴《とくちょう》は、次《つぎ》のとおりです。少年が二名、名前はリストとアンテロ。それから、成人女性《せいじんじょせい》が二名、名前はテッレルヴォとラウハ。女性《じょせい》のひとりはやせ型《がた》、もうひとりは小太《こぶと》り気味《ぎみ》。行方不明者《ゆくえふめいしゃ》について目撃情報《もくげきじょうほう》があれば、もよりの警察署《けいさつしょ》までご連絡《れんらく》ください」

「ぼくらとおんなじ名前だ」アンテロの顔がぱっと明るくなりました。

ラウハおばさんとテッレルヴォは青ざめました。

「わたしとアンテロがふたりでいるときは、絶対《ぜったい》にこんなこと起《お》こらなかったわ。人となかよくならないほうがいいってことね。そうでしょ、アンテロ？」

「うん」

「こっちはもてなして、ピクニックにもさそって、親切にしたっていうのに！　じゃあ、ふたりでいらしたら！　ずーっと、ふたりっきりで文字をはりつけていればいいのよ！」

ラウハおばさんはかっとなって、リモコンをソファになげつけました。

テッレルヴォもかんかんになって、バネのように立ちあがりました。そして、なにかいおうとしたところに、ドアベルが鳴りました。

ラウハおばさんが走って玄関《げんかん》までいくと、ミスター・リンドベリが立っていました。

「ちょっとご報告《ほうこく》をしにきたんですよ。行方不明者《ゆくえふめいしゃ》は帰宅《きたく》したので、捜索《そうさく》は打《う》ちきってくださいと、警察《けいさつ》に電話を入れておきましたから」

「ありがとうございます」ラウハおばさんはかっと赤くなりました。

「ミスター・リンドベリだったわ。わたしたち、もう行方不明者《ゆくえふめいしゃ》じゃなくなったわよ。リンドベリさんが片《かた》づけてくれたの。すてきな人ねえ」

ラウハおばさんは、棚《たな》からチョコレートをとりだすと、テッレルヴォにさしだしました。

「後味《あとあじ》よく終《お》わりましょ」

「ぼくらも」リストは箱《はこ》ごとひったくると、アンテロと部屋《へや》にこもりました。

ラウハおばさんとテッレルヴォは、チョコレートを味《あじ》わっています。

「テッレルヴォ、ききたいことがあるんだけど、リンドベリ一族《いちぞく》はフィンランドのどちらのご出身《しゅっしん》なの？」

テッレルヴォは眉根《まゆね》をよせました。

「わたしが知っているわけないでしょ。どうしてわたしにきくんです？」

「だってあなたは、リンドベリ一族《いちぞく》でしょ」

「いいえ、ラウハ。わたしはヒンベリよ。ヒではじまるヒンベリ。ヒメアカバナのヒ、ヒメネズミのヒ、クリスマス飾《かざ》りの藁細工《わらざいく》ヒンメリのヒです」

そういうと、テッレルヴォはアンテロをよびました。

「アンテロ、もうでてきなさい。帰る準備《じゅんび》をしないと！」

「どこかにでかけるの？」ラウハおばさんは立ちあがりました。

「家よ。シンペレに帰るんです。カレリア地方の！　ここにきたのは、母と夏至《げし》をすごすためだから」

「つまり、リ……」

「ヒンベリ！」テッレルヴォは声をあららげました。

「つまり、このアパートに住《す》んでいるわけでも、リンドベリでもないってこと？　いままでの話は、あなたがでっちあげたってこと？」

「でっちあげたのはわたしじゃなくて、あなた！」テッレルヴォはさけびました。

テッレルヴォとアンテロは、さっさとリストとラウハおばさんと握手《あくしゅ》をすませました。

「心にのこる夏至《げし》だったわ。ふたりのことは絶対に、わすれません」テッレルヴォがいいました。

テッレルヴォとアンテロは、スーツケースを持《も》ってタクシーにのりこんでいます。

そのようすを、リストとラウハおばさんはバルコニーからながめていました。

「ふたりとも、なんだかさみしそうね。アンテロとはいい友だちになれそうだったのに」

「まだまだ、子どもだよ。だって、クリック音ができないんだ」リストはぼそっといいました。

「クリック音ってなあに？」

リストは舌先《したさき》をまるめて上の歯《は》の裏側《うらがわ》に吸《す》いつけてはじくと、ポンっと舌《した》で音をたてました。

「これのこと」リストはそういうと、自分の部屋《へや》にいきました。

ラウハおばさんは五階《かい》にかけあがりました。

「ヒ、ン、ベ、リ」ラウハおばさんは、表札《ひょうさつ》にかいてある文字をひとつずつ読みあげました。

（わたしたちの真上《まうえ》だわ）

ラウハおばさんは家にもどると、バルコニーにでて深呼吸《しんこきゅう》しました。

（それじゃ、やっぱりなぞの住人《じゅうにん》は、ミスター・リンドベリなのかしら。でも、ヒンベリ夫人《ふじん》って、どの人なの？　ふうぅ、どうしてこんなにかんがえることが、いろいろあるのかしら。リストもドラムをたたいてばっかりだし。それにだいたい、クリック音ってなに？）

ラウハおばさんは舌先《したさき》を正しい場所《ばしょ》において、上の歯《は》の裏側《うらがわ》をはじいてみました。二回ほど挑戦《ちょうせん》すると、舌先《したさき》が吸《す》いついてきて、ポンッと豪快《ごうかい》な音がでました。

突然《とつぜん》、ラウハおばさんのクリック音にこたえるように、道路《どうろ》からもポンっと音が返《かえ》ってきました。

「テッレルヴォかしら」ラウハおばさんは、よろこんでバルコニーから下をのぞきました。同時に、さっと頭をひっこめると、かあっと赤くなりました。

「ああもう、どうしよう、ミスター・リンドベリだわ！」

わたしは暑《あつ》い夏のヒョウ

ラウハおばさんがスーパーからもどってくると、玄関《げんかん》にメモがはってありました。

「リンペリさんちにいってます。一時間」

（リストは犬の世話《せわ》をしにいってるんだわ。リストとミスター・リンドベリはなかよくなったのに、わたしはあの人のこと、ちっとも知らないわ。どうして、わたしに気づいてくれないの？　どうしたらいいかしら？）

リストがミスター・リンドベリのところから帰ってきました。自分の部屋《へや》にいこうとするリストに、ラウハおばさんが声をかけました。

「楽しかった？」

「すごく」リストは鉛筆《えんぴつ》でテーブルのはしをたたきながら、リズムをとっています。

（リストすら、わたしにかまってくれなくなったのね）

「わたしって、どうかしら？」ラウハおばさんはリストにいきなりききました。

「いいんじゃない」

「じゃなくて、わたしをみて、なにが思いうかぶ？　ライオン？　クジャク？　ヒョウ？　それともネズミ？」

「すくなくとも、ヒョウじゃない。うん、ネズミかな」

ラウハおばさんは鏡《かがみ》の前に立ちました。服《ふく》を着《き》たネズミがうつっているようにみえて、ぞっとしました。

（なんとかしなきゃ。テッレルヴォから借《か》りた雑誌《ざっし》はどこだったっけ。ああ、あった、これよ。「あなたのうずもれた美しさをひきだして。カラーでイメージチェンジを！」なるほど、つまり、いろんな色のはぎれを顔にあてて、どの色がきれいにはえるか分析《ぶんせき》しなさいってことね）

「リストー！　できるだけいろんな色のはぎれを持《も》ってきてちょうだい！　わたしの顔にあてて、どの色がいいかためすから」ラウハおばさんがさけびました。

「みつからないよ！」リストがさけびかえしました。

「なんでもいいから持《も》ってきて、いますぐにっ」

リストはキッチンから、よごれてしみだらけの台ふきんを持《も》ってきました。ラウハおばさんは顔をゆがめながら目の前に広げました。

「におうよ」

「いまは、におうかどうかでなくて、にあうかどうかよ。どう？」

「いいんじゃない」

「つぎのはぎれを持《も》ってきて。こんどはもっと色の

ついたのにしてね」ラウハおばさんが指示《しじ》しました。

リストは茶色のハンドタオルを持《も》ってきました。

「顔、明るくなった？　どう？」

「いいんじゃない」

「ちっとも分析《ぶんせき》になってないわよ、リスト。これじゃあ、どの色がわかくみえるのかもわからないし、わたしらしさをいかすこともできないわ」

ラウハおばさんはオレンジ色のテーブルクロスをつかむと、顔の前に広げました。

「これはどう？」

「いいんじゃない」

「これじゃ、いつまでたっても同じだわ。専門家《せんもんか》の意見《いけん》をあおぐべきね」さっそくラウハおばさんは電話をかけました。そして、二時間くらいでかけてくるといいながら、リストのためにサンドイッチをわんさとこしらえて、テーブルの上におきました。

「知らない人がきても、あけちゃダメよ」

リストは、バケツとおもちゃ箱《ばこ》ふたつでドラムセットをつくって、戸棚《とだな》から木のお玉をとると、それをスティックがわりにたたきはじめました。

それから、歌いました。

「英語でいくぜ！　カマーン、マイウェイ、カマーン、マイウェイ、ババーッバダーッバー、ブーッブドゥーブーッブー！　カマーン、マイウェイ、カマーン、マイベイビー、ババーッバダーッバー、ブンビドゥーブー！　こんどはフランス語だ！　ボンジュール、ボンジュール、マダム、アムール、シルブプレー！」

歌《うた》い終《お》えると、リストはスティック二本を同時にドラムに打ちつけました。

体がとても熱《あつ》くなったので、水を飲《の》みにキッチンにいきました。

部屋《へや》にもどるとちゅう、玄関《げんかん》でかさりと物音《ものおと》がしました。リストはその場にかたまりました。郵便受《ゆうびんう》けがコトンと鳴り、紙切れを玄関《げんかん》マットにおとす、やせ細った指《ゆび》がみえたのです。

リストがドアのほうにしのびよると、指《ゆび》は、入れるときと同じくらいすばやく引っこみました。リストが郵便受《ゆうびんう》けからのぞくと、階段《かいだん》のほうへ消《き》えてゆく黒いコートのすそがみえました。

玄関《げんかん》をあける勇気《ゆうき》はありません。もういちど、郵便受《ゆうびんう》けからのぞいてみました。すると、上のほうのどこかでしずかにドアのしまる音がきこえました。

（また、なぞの住人《じゅうにん》だ）

リストは紙切れにはりつけられた文字を読みました。

もう限界《げんかい》です。これがさいごの警告《けいこく》です。　住人《じゅうにん》より

（なぞの住人《じゅうにん》は、たしかに上にこっそりあがっていった。だから、ミスター・リンドベリということはありえない。住人《じゅうにん》は、いつもカーテンをしめる五階《かい》の人物《じんぶつ》かもしれないな。そうだとすると、ぼくらの真上《まうえ》に住《す》んでいることになる。アンテロとテッレルヴォおばさんは、そこに、遊びにきていたんじゃなかったっけ？）

ラウハおばさんは午後に帰ってきました。リストをびっくりさせようと、思いきりドアベルを鳴らしました。

（また、コンコンやってきこえないんだわ）ラウハおばさんは、もういちどドアベルを鳴らしました。

　リストは玄関《げんかん》ののぞき窓《まど》からうかがって、つぎに郵便受《ゆうびんう》けからのぞきました。

　ラウハおばさんもドアの外から、同じようにのぞきかえしています。ふたりはじっとみつめあいました。

「どうしてあけないの？」

「知らない人にはあけちゃいけないんだ」リストは大きな声でいいました。

「わたしは知らない人じゃないわよ、わたしよ、わたし！　わたしがわからないの？」

　ラウハおばさんも大声をあげました。

「わからない」

（わからないですって。やっぱりね）ラウハおばさんはポケットからカギをとりだしました。

　知らない人がドアをガチャガチャまわしています。リストの心臓《しんぞう》は飛《と》びだしそうになりました。最初《さいしょ》は、ベッドの下に逃《に》げこもうかとかんがえましたが、ラウハおばさんにいわれていたことを思いだしました。

(「助《たす》けてとさけんで、頭をかさでたたくこと」、そんな感《かん》じだったっけ)

リストはバルコニーで「助《たす》けて」とさけぶと、かさをもって玄関《げんかん》に突進《とっしん》しました。

「入ってくんな、どろぼう！」リストはさけぶと、ラウハおばさんの頭をガツンとたたきました。

「わたしはラウハよ、あなたのおばさんよ」

ラウハおばさんは頭をかかえこんで、泣《な》きべそをかいています。

「イメージチェンジしたの！　カラー分析《ぶんせき》によると、わたしは〝暑《あつ》い夏のヒョウ〟らしいわ」

リストはラウハおばさんを食《く》いいるようにみました。ラウハおばさんは赤いカツラをかぶって、ヒョウ柄《がら》のつなぎを着《き》て、オレンジ色のスカーフをまいて、黄色いふちのサングラスをかけています。

「ラウハおばさん？」リストはたじろいでいます。

「どう、にあう？　散歩《さんぽ》にいかない？」

「だ、だ、だめだよ。だって、ご飯《はん》を食べなきゃ」

「じゃあ、食べたあとで」

「だ、だ、だめだよ。だって、なにか飲《の》まなきゃ」

「じゃあ、飲《の》んだあとで」

「そのあと、トイレにいかなきゃ」

「リスト、わたしといっしょに外にでたくないの？」

「でたくない。だって、ぼく、つかれてるから。すぐにねなきゃ」

「コンビニにいきましょ。アイスを買ってあげるわよ」

リストはしかたなく、うなずきました。

ラウハおばさんはハンドバッグ

をぶらさげながら、コンビニにむかいました。リストははずかしくて、ラウハおばさんのあとを歩きながら、きょろきょろとまわりを気にしています。通行人はラウハおばさんをみるや立ちどまって、じっと目で追《お》っています。

コンビニからの帰り、こちらにむかって歩いてくるミスター・リンドベリに気がつきました。リストは、特大《とくだい》サイズのアイスがのったコーンアイスをなめていたので、それで顔をかくそうとしました。

ミスター・リンドベリは感激《かんげき》したようにラウハおばさんと握手《あくしゅ》をしました。ラウハおばさんは、うれしさのあまりにぽっと赤くなりました。

「ああ、こんにちは！」ミスター・リンドベリはうれしそうにラウハおばさんに声をかけました。

「待《ま》ってたんだよ、さあ、うちへどうぞ！　つかれて、おなかもへっただろう」

「ええ！」ラウハおばさんはそういうと、ミスター・リンドベリと腕《うで》をくんで、アパートに入っていきました。

リストはアイスクリームをなめながら、ひとり、とりのこされてしまいました。


「スーツケースはどこだい？」

部屋《へや》に入ると、ミスター・リンドベリがラウハおばさんにたずねました。

「こんなちょっとしたおでかけに、スーツケースなんて持《も》たないわ」

「そうだね、あなたはコスモポリタンだから。それにしても、きれいなフィンランド語だね」

「まあ、ありがとう」

「そういうのがそちらでは最新《さいしん》ファッションなんだろうね。本場のフィンランドコーヒーはいかがかな。もうずいぶんと飲《の》んでいないでしょう」

ミスター・リンドベリは、感心《かんしん》したようにラウハおばさんをまじまじとみました。

「まあ、ありがとう」

「フィンランドで過《す》ごす夏はどうだい？」

「すてきよ」ラウハおばさんは、うっとりしていいました。

「やっときてくれたね！」ミスター・リンドベリは、感激《かんげき》しているようです。

「わたし、この日をずっと待《ま》っていたの」

ラウハおばさんは思わずそう告白《こくはく》して、手で口をおおいました。

「あなたが〝住人《じゅうにん》〟だなんて。信《しん》じられない」

ミスター・リンドベリは、けげんそうにラウハおばさんをみました。

「わたしはここの住人《じゅうにん》になってもう十年以上《いじょう》だよ」


ミスター・リンドベリは、きざんだゆで卵《たまご》とバターをまぜたものをのせたカレリア風《ふう》パイをラウハおばさんにふるまいました。

「どんな味《あじ》だか、おぼえているかい？」

「たしかに、ここしばらくは食べていないわ」

「そうでしょう。ひと皿《さら》ぜんぶどうぞ。おかわりもあるからね。さあ、食べて、食べて！」

ラウハおばさんは、ミスター・リンドベリをよろこばせたくて、カレリア風《ふう》パイを七つ食べました。

「どんなにおいしくても、これ以上《いじょう》はもう入らないわ」

「よく食べたね」ミスター・リンドベリはからっぽの皿《さら》をみました。

「ところで、〝カレリアの丘《おか》の木々はもう　葉《は》をのぞかせて〟ではじまる歌はおぼえているかい？」

「『カレリアの丘《おか》』ね。もちろん」

ラウハおばさんは、蚊《か》のなくような小さな声でハミングしはじめました。

「しずかに歌うわ。あなたは大きな音がきらいでしょ」

「思いきりどうぞ」

リストは家に帰ってきていました。下からきこえてくる、ひめいのような〝カレリアの丘《おか》の木々はもう　葉《は》をのぞかせて〟という歌声に、やれやれと思いました。

（おばさんの声はひどいな）

ドアベルの音がリーンと高くひびき、ラウハおばさんとミスター・リンドベリの合唱《がっしょう》が中断《ちゅうだん》しました。

花飾《はなかざ》りのついた帽子《ぼうし》をかぶった女の人が、スーツケースを持《も》ってずかずか入ってきます。女の人は、ラウハおばさんと同じようなヒョウ柄《がら》のつなぎを着《き》ていました。

（センスが悪《わる》いわね）ラウハおばさんは思いました。

「あなた、むかえにきてくれるって約束《やくそく》したでしょ！　あたしはフロリダくんだりからきてるっていうのに、でむかえのひとりもいないなんて」

女の人は、ミスター・リンドベリをどなりつけました。

「でも、マリーおばさん。あなたはもうここにいますよ」

ミスター・リンドベリはそういうと、もうひとりのヒョウ柄《がら》をふりかえりました。

ラウハおばさんは、笑顔《えがお》で女の人と握手《あくしゅ》をしようとしました。

「このペテン師《し》！」

マリーおばさんはハンドバッグをふりまわして、玄関《げんかん》に逃《に》げてゆくラウハおばさんを追《お》いかけました。

その日の晩《ばん》、ラウハおばさんはキッチンに腰《こし》かけて紅茶《こうちゃ》を飲《の》んでいました。カツラはいすの上におかれ、白髪《しらが》まじりの髪《かみ》はボリュームもなくぺったんこです。ラウハおばさんは、下からきこえてくるおたけびのような〝カレリアの丘《おか》の木々はもう葉《は》をのぞかせて〟をきいていました。

アメリカからのお客《きゃく》が、声をはりあげて歌っています。

リストが、住人《じゅうにん》からの紙切れを手にキッチンに入ってきました。

「こんなのがきたよ」

ラウハおばさんはちらっとみて、びりっとやぶりました。

「リスト、家にいるときは好《す》きなだけコンコンやっていいわよ」

リストの顔が、ぱっと明るくなりました。

「いいの？　住人《じゅうにん》のことは？」

「住人《じゅうにん》なんていいのよ、あんな失礼《しつれい》なことをして！」

ラウハおばさんは、ほうきの柄《え》で床《ゆか》をゴンゴン打《う》ちならしました。

（なんでおばさんは床《ゆか》をたたいてるんだろう？　住人《じゅうにん》が住《す》んでるのは上なのに）

リストは思いました。

さらわれたヴァネッサ

「カマーン、マイベイビー、カマーン！」

つぎの日の朝早くに、リストの部屋《へや》から歌声がひびいてきました。

ラウハおばさんは、ベッドからとび起《お》きました。

「なにかしら？　ああ、リストが起《お》きたのね」

（ものすごくうるさいわ。でも、かまやしない。ズンチャカたたけばいいのよ！　ミスター・リンドベリには当然《とうぜん》のむくいだわ）

ラウハおばさんはやるせなくなって、また横《よこ》になりました。そして、これからするべきことをかんがえました。

（ああ、そうだった。仕事《しごと》しなきゃ。あたしは、セールスレディなんだから）

ラウハおばさんは、受話器《じゅわき》をにぎりました。

「もしもし、こちら『ラップ・ギャロップ』のラウハ・ラッパーヤです。こんにちは。すこしお時間いただいてもよろしいでしょうか？　えっ？　よろしいんですか？　あなたはついていらっしゃるわ。五十名のグループインタビューのおひとりに選《えら》ばれたんですから。こちらに、あなたへの三十の質問《しつもん》をご用意《ようい》させていただいております。あなたは掃除機《そうじき》をお持《も》ちでいらっしゃいますか？　あら、お持《も》ちでない、承知《しょうち》しました。洗濯機《せんたくき》は？　あら、それもお持《も》ちでない。それでは、コーヒーメーカーはいかがでしょう？　ない、承知《しょうち》しました。電気プレート、冷蔵庫《れいぞうこ》、冷凍庫《れいとうこ》は？　いずれもお持《も》ちでいらっしゃらないんですか？　あなたのお年はおいくつでしたかしら？　えっ、なんですか？　ここで、コンコンやってるもんですから、きこえないんです！　五十歳《さい》？　もっとはっきりおっしゃってください！　五歳《さい》！　五歳《さい》なんですか？　たったの五歳《さい》？　お父さんとお母さんはいらっしゃる？　えっ？　きこえません。もしもし……もしもし……もしもーし！」

（切れちゃったわ）

ラウハおばさんは、つぎの電話をかけました。リストはさらにビートをあげていきます。ラウハおばさんは大声をだすことになりました。

「もしもし、こちら『ラップ・ギャロップ』のラウハ・ラッパーヤです。こんにちは。まさか、あなたまで、五歳《さい》ではございませんよね？」

「いいえ、あたしゃ九十歳《さい》ですよ」電話の相手《あいて》がこたえました。

「あら、九歳《さい》。ご両親はお家《うち》にいらっしゃる？　あら、いない、それじゃあ、あなたがこたえてくださいね。お宅《たく》に、掃除機《そうじき》はございますか？」

「なに機《き》ですと？」

「掃除機《そうじき》です！」

ラウハおばさんが声をはりあげました。

「騒音機《そうおんき》？　そういうのはないねえ。でも、まあ必要《ひつよう》かね。そういうのをそちらさんで売ってると？」

「なにをです？」

ラウハおばさんの声が大きくなりました。

「騒音機《そうおんき》」

「それはなんですか?」

ラウハおばさんがたずねました。

「それはほら、そちらさんが売ってるやつでしょうが」

「売ってる? なにを売ってらっしゃるんです?」

「騒音機《そうおんき》でしょうが」

「騒音機《そうおんき》。それはつかいやすいですか? わたし、買ってもいいわ。おいくらかしら?」

電話が切れました。

(へんな販売員《はんばいいん》ね。はじめは騒音機《そうおんき》を売ってくれるっていったのに、こんどは電話をいきなり切るなんて)

とつぜん、ドアベルがリンと鳴りひびきました。リストとラウハおばさんには、きこえていません。ドアベルがもういちど鳴りました。

(なにがリンリン鳴ってるのかしら。目覚《めざ》まし時計《どけい》? それとも、リストがまた、装《そう》置《ち》でもつくったのかしら？）

「ラウハおばさん、ドアベルが鳴ってるよ！」リストが部屋《へや》からどなりました。

ラウハおばさんが玄関《げんかん》のドアをあけると、ミスター・リンドベリが立っていました。

ラウハおばさんはびくっとしました。

（いよいよ立ちのき命令《めいれい》ね）

「お待《ま》たせしました」

「わかりました。ついにきたってことね、リスト、ついにきたわよ！」

「やったあ！」リストは声をあげて玄関《げんかん》にやってくると、足元にまとわりつくヴァネッサをなでまわしました。

「なにが、やったあ、なのよ？」ラウハおばさんは、わなわなとふるえています。

「それじゃあ、一時間で」

「ええっ、一時間なんて！　それまでになんて、間にあわないわ」

「なにもする必要《ひつよう》はないんですよ、ただ、外にでればいいんですから」ミスター・リンドベリがこたえました。

ラウハおばさんは、わっと泣《な》きだしました。

（むごい人。わたしたちを外にほうりだすなんて。荷物《にもつ》をまとめる時間すらないじゃない）

ミスター・リンドベリは、ラウハおばさんの肩《かた》をぽんぽんとたたきました。

「そんなに深刻《しんこく》にならないで。二時間後にしてもいいですよ」

ミスター・リンドベリがヴァネッサをおいてその場を去《さ》ると、ラウハおばさんは、ぼろぼろ泣《な》きだしました。ヴァネッサが近よって、ラウハおばさんの手をペロペロとなめています。

「犬まで押《お》しつけるなんて」ラウハおばさんは、声をつまらせました。

「きょう、くることになってたんだ」

「なにが？」

「ヴァネッサ。ミスター・リンドベリが用事《ようじ》ででかけている一時間、うちであずかるんだよ。でも、ラウハおばさんが泣《な》いちゃったから、二時間だけど」

「ヴァネッサ！　つまり、立ちのき命令《めいれい》じゃないのね？」

ラウハおばさんはリストをがばっとだきよせて、キスをあびせました。そして、ヴァネッサにもぶちゅっと音を立てながらキスをしました。

リストはそでで顔をぐいっとぬぐって、ヴァネッサのひもをとりました。

「じゃ、いってきます」

ラウハおばさんはこおどりしながら家じゅうをぐるぐるまわって、リストの部屋《へや》でしばらくコンコンとリズムをとったあと、バルコニーのドアをあけて、歌いだしました。
「もいちど　もいちど　もいちど
なくよ　ああ　ナイチンゲール
もいちど　もいちど　もういちど
なくよ　ああ　谷まで！」
とつぜん、ラウハおばさんは道路《どうろ》からきこえてくる拍手《はくしゅ》に気づきました。下にはミスター・リンドベリと、スーツケーツをもったマリーおばさんがいました。
「あなたの真上《まうえ》には歌姫《うたひめ》が住《す》んでるみたいね」マリーおばさんはミスター・リンドベリにいって、バルコニーをみあげました。ラウハおばさんは、あわててすがたをかくしました。
「みかけたと思ったのに」
「タクシーがきましたよ。おくれるといけないから、さあ、空港《くうこう》にいきましょう」
「ほんとうに、あたしと白夜《びゃくや》の太陽《たいよう》をみにいかないの？」マリーおばさんは、あきらめずにきいています。

「だいじょうぶですよ、最北《さいほく》の町ウツヨキでは、親戚《しんせき》がいろいろと世話《せわ》してくれますから。わたしは空港《くうこう》まで見送《みおく》るだけにしますよ」

ミスター・リンドベリは、だれもいないラッパーヤ家《け》のバルコニーをちらりとみました。そのとき、五階《かい》のこわい顔をした人物《じんぶつ》に気がつきました。

(また、こそこそみはってるな)

ミスター・リンドベリがそう思うと、カーテンがしまりました。ミスター・リンドベリはタクシーにのりこんで、マリーおばさんのとなりにすわりました。

ラウハおばさんは電話セールスをつづけようと、玄関《げんかん》にむかいました。そして、最《さい》初《しょ》の番号《ばんごう》を押《お》そうとしたとたん、郵便《ゆうびん》受けでかさりという音がしました。ラウハおばさんは、くつ箱《ばこ》のかげにさっとかくれました。

玄関《げんかん》をはさんで、重《おも》たい息《いき》づかいがきこえます。ラウハおばさんは、郵便《ゆうびん》受けからおちてくる紙切れに、気がつきました。紙切れには、雑誌《ざっし》から切りぬいた黒い文字がはってあります。足音は遠ざかって、どこかへ消《き》えてゆきました。

（家には、わ、わ、わたししかいないわ）ラウハおばさんはおそろしさのあまり、ぶるっとふるえました。

（なぞの住人《じゅうにん》はミスター・リンドベリじゃないわ。だって、あの人は空港《くうこう》にでかけたんだもの。それじゃあ、だれなの？）

ラウハおばさんはそっと近づくと、小刻《こきざ》みにふるえる手で紙切れを持《も》ちあげました。

かくごはいいですね。　住人《じゅうにん》より

ラウハおばさんは、熱《あつ》いものでもさわったかのように、ぱっと紙切れをなげすてました。そして、走ってベッドの下にかくれました。

リストはヴァネッサと近所《きんじょ》をまわっていました。そして、楽器屋《がっきや》のショーウィンドーの前で、ドラムセットに目をうばわれて立ちどまりました。

（すごいや、かっこいいドラムセット。前にみたときはなかった。赤い大きなドラムに、小さいドラムにシンバル……）

リストは窓《まど》に鼻《はな》をくっつけて、食《く》いいるように楽器《がっき》をみています。そして、ドラマーになって、拍手喝采《はくしゅかっさい》をあび、観客《かんきゃく》におじぎしているところを想像《そうぞう》しました。

「ヴァネッサ、あれ、どこにいったんだろ？　さっきまで、ここにいたのに」

リストはふりかえって、まわりをみわたしました。

「ヴァネッサ！　ヴァネッ

サ！」リストはあわてて、さけびました。

近くの林もさがしましたが、ヴァネッサのすがたはありません。リストはいまにも泣《な》きだしそうになりました。道であう人たちに、小さなダックスフントをみかけたかどうか、たずねてみましたが、みんな、首を横《よこ》にふるだけです。

「小さくても、目をはなしたすきに遠くまでいっちゃうからね」

そういわれたリストは、道路《どうろ》を横切《よこぎ》って、近くの森にかけこみました。そこでは、小さな茶色い犬が穴《あな》をほっていました。

「いた、ヴァネッサだ！」リストはうれしくなりました。

ところが、そう思った瞬間《しゅんかん》、ひもがみえました。でも、そのひもは飼《か》い主《ぬし》の女の人ににぎられていました。

「パメラ、待《ま》て！」女の人が声をあげました。

（ああ、あっちにいた）

木のかげで、茶色いしっぽがぶんぶん動《うご》いています。

「ヴァネッサ！」もういちどリストは大きな声でよびました。

ところが、こんどはわかい男の人がやってきて、こういいました。

「エートゥ、いくぞ！」

リストは森をぐるりと走ってみましたが、犬は一匹《ぴき》もいません。涙《なみだ》がリストのほほをつーっとつたいました。

（ヴァネッサがいなきゃ家に帰れない。でも、ここにいるわけにもいかない。ヴァネッサがみつからなかったら、ミスター・リンドベリは絶対《ぜったい》にゆるしてくれない。でも、もしかして、ヴァネッサは家にもどっているかも。そんなにかしこいかな？）

リストはいそいでリンドベリ公園通りをめざしました。

じつは、リストとヴァネッサは、あとをつけられていたのです。リストはそんなこと、思いもしませんでした。

黒いコートを着《き》た人物《じんぶつ》が、リストたちを追《お》って楽器屋《がっきや》の角までつけていました。ひもをにぎるリストの手がゆるんだすきに、黒いコートはソーセージ状《じょう》のドッグフードでヴァネッサをおびきよせると、さっとこわきにかかえて、かくれたのです。

リストがヴァネッサをさがしに歩きだすと、黒いコートは近道を通って、リンドべリ公園通りのリストの住《す》むアパートまでいそぎました。

誘拐犯《ゆうかいはん》はエレベーターで五階《かい》へあがると、しずかに玄関《げんかん》をあけ、そのまま音を立てずにしめました。そして、ヴァネッサにチョコレートクッキーをやると、書斎《しょさい》にこしかけて、文字をチョキチョキと切りぬきはじめました。


リストは家の玄関《げんかん》をあけました。

「ラウハおばさーん！　どこ？　ヴァネッサをみなかった？」

ベッドの下から、かすかに声がもれています。

「ここよ！」ラウハおばさんは、声にならない声でいいました。

「どこ？」

「ベッドの下！」

「そこでなにしてんの？」

「かくれてるの」

リストはベッドの下をのぞきこんで、ラウハおばさんのおびえた目をじっとみつめました。

「もうすこしで、入ってきそうだったのよ」ラウハおばさんが、わっと泣《な》きだしました。

「なにが？」

「ほら、あの〝住人《じゅうにん》〟よ。ミスター・リンドベリじゃないわ」

「いつもカーテンをしめる人だよ。ラウハおばさん、きいて！　ヴァネッサがどっかにいっちゃったんだ」

郵便受《ゆうびんう》けがコトンと鳴りました。

「リスト、みてきて」ラウハおばさんが、ベッドの下からかすれた声をだしました。

「また紙切れだ！」

リストはつっかえながらも読みあげました。


犬を生きたまま返《かえ》してほしければ、いますぐこの建物《たてもの》からでていきなさい。住人《じゅうにん》より

「そいつがヴァネッサを連《つ》れさったんだ」リストは、おそろしくなりました。

「ヴァ、ヴァネッサを？　リ、リスト、わ、わたしたち、ゆ、ゆうきをださないと。ど、どうする？」ラウハおばさんは、ベッドの下からささやいています。

「ぼくがいってくるよ」

「い、い、いっちゃだめよ」

ラウハおばさんはとめようとしましたが、リストはおもちゃのピストルと警官《けいかん》のバッジをとりに、部屋《へや》にいってしまいました。

「ヴァネッサ、いまいくよ！」

リストはひと声かけると、五階《かい》へつっぱしりました。ラッパーヤ家《け》の真上《まうえ》の玄関《げんかん》には、たしかにヒンベリと書いてあります。リストは玄関《げんかん》に耳をおしつけました。なかから、クンクンという犬の鳴き声がきこえてきます。

（ここにいる）

リストは郵便受《ゆうびんう》けから、なかをのぞきました。ヴァネッサが、玄関《げんかん》の床《ゆか》にすわって、クウンクウンと鳴いています。リストは、ヴァネッサが自分の目をみてうったえているように感《かん》じました。

「すぐ助《たす》けるからね」リストはヴァネッサにそっといいのこして、郵便《ゆうびん》受けをとじました。

リストはリンと強くドアベルを鳴らしました。でも、ひらく気配《けはい》がありません。だれかが玄関《げんかん》まで歩いてきて、クンクン鳴いているヴァネッサをどける音が、ドア越《ご》しにきこえます。

リストはもういちどドアベルを鳴らしました。まだひらきません。そこで、リストはこぶしをにぎって玄関《げんかん》をガンガンたたくと、さけびました。

「ヴァネッサを誘拐《ゆうかい》したことは、知ってるぞ！」

すると、ドアがひらきました。やせた年配《ねんぱい》の女の人が、むっつりした顔ででてきました。

「なにを大声なんかだしてるんです？」

「ヴァネッサを返《かえ》してもらいたい」

「だめです」

リストは玄関《げんかん》に押《お》し入《い》ると、おもちゃのピストルを宙《ちゅう》でくるっと一回転《かいてん》させました。

女の人は、身《み》がまえました。

「やりますか？」

「かかってこい」

リストは、女の人が足を引きずっていることに気づきました。そして、テーブルの上のスプーンに目がとまりました。それは、排水管《はいすいかん》から釣《つ》りあげたスプーンでした。

（スプーンを買った女の人だ）

リストは、おどろいてぐるりとみわ

たしました。玄関《げんかん》の壁《かべ》には古いサーカスの写真《しゃしん》やポスターがはってあります。リストは、色白のわかい女の人が一輪車《りんしゃ》で綱渡《つなわた》りをしているポスターに気がつきました。

空中ぶらんこ乗《の》り、ヘンリエッタ・ヒンベリによる生死《せいし》をかけた綱渡《つなわた》り！　本日上演《じょうえん》

リストは、排水管《はいすいかん》からひきあげたスプーンをさっとつかんで、そこに刻《きざ》まれた文字を読みました。

一九三七年度《ねんど》　青年サーカス芸人春季大会《げいにんしゅんきたいかい》　優勝《ゆうしょう》

「これ、おばさんの？」

「そうです。さわらないで。勝負《しょうぶ》しますか？　こんな子どもが相手《あいて》になるかしら」

「ここにある写真《しゃしん》にうつってるのはぜんぶ、おばさんなの？」

「そうです。さあ、もう話はおしまいにして」

「こんなに高いところを一輪車《りんしゃ》でわたったの？」リストはびっくりしています。

「もっと高いところもわたりました！　そこでは宙返《ちゅうがえ》りもしたし、さかだちもしました」

「おばさんはサーカスの芸人《げいにん》なの？」

「いまはちがいます」女の人は、はりつめたような声をだしました。

「ぼく、大きくなったら、ラウハおばさんとサーカスにでるんだ。ぼくがドラムをたたいて、ラウハおばさんは力こぶをつくるんだ」

女の人は耳に指《ゆび》をつっこんで、さけびました。

「ドラムの話はしないで！」

「ドラムは好《す》きじゃないの？」

「きらいです！」

「どうして、きらいなの？」

女の人はこたえずに、クローゼットのなかからヴァネッサをだして、連《つ》れてきました。

「さっ、もうたたかないというのなら、連《つ》れていきなさい」

「でも、やめられないんだ」リストはいうと、ヴァネッサをだきあげました。

「人はやめることができるものです。わたしだって、やめることになったんですから」

「なにを？　おしえてよ！」

「わたしは、だれにも、なにひとつ話さないことにきめているんです」

ヘンリエッタ・ヒンベリは、リストをさぐるようにみました。

「あなたは、かなり度胸《どきょう》があるようね。でも、わ

たしにも度胸《どきょう》があったんです」ヘンリエッタが話しはじめました。

ヘンリエッタはリストを居間《いま》に連《つ》れていきました。居間《いま》の壁《かべ》はサーカスの写真《しゃしん》でうめつくされています。棚《たな》から、ぶ厚《あつ》い写真《しゃしん》アルバムを一冊《さつ》とると、リストをとなりにすわらせました。ヴァネッサはリストのひざに飛《と》びのりました。

ミスター・リンドベリは、マリーおばさんを空港《くうこう》へ連《つ》れていったあと、ヴァネッサを引きとりにリストの家によりました。

三回目のドアベルで、ラウハおばさんが玄関《げんかん》をあけました。ラウハおばさんは、ミスター・リンドベリをみてわっと泣《な》きだすと、上の階《かい》の住人《じゅうにん》がヴァネッサを誘拐《ゆうかい》して、リストがピストルを持《も》ってヴァネッサを助《たす》けにむかったことを話しました。そのあとずいぶん時間がたったのになんの動《うご》きもないことも、話しました。

ラウハおばさんは、住人《じゅうにん》から送《おく》りつけられたきょうはくじょうをぜんぶ、ミスター・リンドベリにみせました。

「わたしはてっきり、あなたがこのさしだし人だとばかり思っていたの。ほんとうにごめんなさい」

「わたしはてっきり、あなたがちょっとおかしくなったのかと思っていました。それはそうと、わたしの名前はレンナートです。レンヌとよんでもらってけっこうですよ」

（ルシアーノじゃなかったのね）

「わたしは、『ラップ・ギャロップ』のラウハ・ラッパーヤです。こんにちは……そうじゃなくて、その、ラウハです」

「ラウハ、美しい名前だ」

「ありがとう。でも、リストとヴァネッサはどうなったのかしら？」

「心配《しんぱい》するようなことにはなっていませんよ」ミスター・リンドベリは、ラウハおばさんをおちつかせました。

「そうね、わたし、小さなことでピリピリするようなタイプじゃないし。お茶はいかが？」

「いただこうかな」ミスター・リンドベリは、居間《いま》のソファに腰《こし》をおろしました。

するると、上の階《かい》でなにやら奇妙《きみょう》な音がきこえてきました。ドラムのビートにのせて、「ジャーンプ」とさけぶ女の人のキンキンした声がきこえ、ふたたびドラムをたたく音がきこえました。

「なんだか、リストがたたいているみたい」ラウハおばさんはびっくりしています。

「あの声は、ヴァネッサにまちがいない」ミスター・リンドベリは、犬のほえ声を耳にしました。

「さわいでいるのは、ヒンベリ夫人《ふじん》のお宅《たく》かな？」

「あの人とお知りあい？」ラウハおばさんが目をまるくしました。

「もちろん。彼女《かのじょ》はここに住《す》んでもう二十五年になるからね」

「わたし、てっきり、あなたがヒンベリ夫人《ふじん》かと思っていたわ」

「どういうことかな？」

「そうじゃなくて、ヒンベリ夫人《ふじん》があなただと思っていたってことです。そうじゃなくて、つまり、文字をぺたぺたはりつけた張本人《ちょうほんにん》があなただと思っていたってことです！」

「すると張本人《ちょうほんにん》は、つまりヒンベリ夫人《ふじん》ということになるのかな？」ミスター・リンドベリはかんがえこみました。

「わたしが知っていることといえば、夫人《ふじん》が足を引きずっていることくらいですよ。夫人《ふじん》は部屋《へや》からでませんから。非常《ひじょう》に謎《なぞ》の多い人です」

「なにが起《お》こってるのか、たしかめたほうがいいんじゃないかしら？　もしかして、リストはドラムで助《たす》けを求《もと》めているのかも」ラウハおばさんは不安《ふあん》げにいいました。

ラウハおばさんとミスター・リンドベリは、じっと耳をすましました。

「そうだわ、SOS《エスオーエス》のサインを送《おく》ってるのよ！　短《みじか》く三回、長く三回、そしてまた短《みじか》く三回。救助信号《きゅうじょしんごう》よ！　いざ出発《しゅっぱつ》！」

ラウハおばさんとミスター・リンドベリは、ヒンベリ夫人《ふじん》の玄関《げんかん》の前で耳をすましました。なかから大きな声で号令《ごうれい》したり、はげしくバンバンたたいたりする音がきこえてきます。

「ムチでたたく音だわ！　リストにおしおきしているのかしら？」ラウハおばさんは、心配《しんぱい》そうにささやきました。

そして、郵便受《ゆうびんう》けをあけてさけびました。

「警察《けいさつ》です、観念《かんねん》しなさい、ヒンベリ夫人《ふじん》！」

すると、リストが走って玄関《げんかん》のドアをあけにきました。息《いき》をきらして、ほほは赤くほてっています。

「犯人《はんにん》はどこ？」ラウハおばさんはそうさけぶと、家に押《お》し入《い》りました。

ミスター・リンドベリは申《もう》し訳《わけ》なさそうにラウハおばさんのあとから入ると、そのまま居間《いま》へむかいました。

そこで、ミスター・リンドベリは、ぎょっと目をまるくしました。

小さなレースの帽子《ぼうし》をかぶったヴァネッサを、ヒンベリ夫人《ふじん》がチョコレートクッキーで調教《ちょうきょう》しています。ヴァネッサがくるりと回転《かいてん》するたびに、ごほうびとしてクッキーをあたえていました。

リストが木のお玉で革張《かわば》りのソファを二回たたいてヴァネッサに合図すると、ヴァネッサはソファにジャンプし、そして前後にスキップし、それからぴょーんとテーブルの上にもどってきました。つぎにリストがお玉でトントンたたくと、ヴァネッサはテーブルのまんなかで、うしろ足で立ちました。

「すばらしい、ヴァネッサ！」ヒンベリ夫人《ふじん》は拍手《はくしゅ》しました。

「サーカスだあ！」リストは興奮《こうふん》して、顔をまっ赤《か》にしています。

ヒンベリ夫人《ふじん》はラウハおばさんに気づいて、びくっとその場にかたまりました。

「ここでチョキチョキ切って、ぺたぺたはっていたってわけね」ラウハおばさんは、まくしたてました。

「さけんじゃダメ！　ヘンリエッタおばさんはいい人だよ」

「ああそう、ヘンリエッタおばさんですか。その人があなたのおばさんってわけね、ああそう！」

ミスター・リンドベリは、ラウハおばさんの手をにぎりました。

「ラウハ、ちょっとおちついて。ほら、かっかしないで。ラウハはフィンランド語で『平和《へいわ》』って意味《いみ》だろ。あなたも、その名前のとおり、おだやかでいい人なんだから」

「わたしはちがうわ」ラウハおばさんはぷんぷんおこって、ヒンベリ夫人《ふじん》の前へ、ぐっと一歩ふみだしました。

ラウハおばさんは、ヒンベリ夫人《ふじん》のぐりっとした群青色《ぐんじょういろ》の瞳《ひとみ》と、わずかにおびえている表情《ひょうじょう》をみてとり、こぶしをにぎっておどすような声をだしました。ヒンベリ夫人《ふじん》は一歩うしろへさがりました。

リストがあいだにはいりました。

「ラウハおばさん、ダメだよ。ヘンリエッタおばさんはドラムロール恐怖症《きょうふしょう》なんだ」

リストのことばに、ヒンベリ夫人《ふじん》はこくんとうなずきました。

「ヘンリエッタおばさんがサーカスにでていたとき、ドラムがドロドロドロと鳴りだして、そのせいで高いところからおちたんだ。それで、足の骨《ほね》を折《お》って、足を引きずるようになったんだよ」

ヒンベリ夫人《ふじん》はうなだれて、足を引きずりながらキッチンへむかうと、うしろ手にドアをしめました。

「でも、もうその恐怖症《きょうふしょう》はないよ。治《なお》ったんだ。すごく楽しかったよ！　それに、家で好《す》きなだけドラムをたたいていいって。それから、もうぜったいに文字を切ったりはったりしないって、ヘンリエッタおばさんは約束《やくそく》したんだ」

ラウハおばさんは、ぐっとだまりこみました。ミスター・リンドベリはキッチンにむかいながら、ふたりにいいました。

「ふたりは家にもどって。わたしはしばらくここにいるからね」

　ラウハおばさんとリストが帰ると、ミスター・リンドベリはヒンベリ夫《ふ》人《じん》のようすをみに、キッチンのドアをコンコンとノックしました。

リスト・ラップスとラウハ・パックス

アンテロとテッレルヴォは列車《れっしゃ》にのっていました。テッレルヴォは、招待状《しょうたいじょう》を手のなかでくるくるまわしています。

（しょうがないわね、アンテロがどうしてもってきかないから、またくることになっちゃったわ。でも、わたしは、どうもラウハ・ラッパーヤが苦手《にがて》。あのどうしようもない人は、こんどはまた、なにを思いついたんだか）

テッレルヴォは、いまいましそうに招待状《しょうたいじょう》にもういちど目を通しました。

テッレルヴォとアンテロへ
八月一五日午後三時から、庭《にわ》でサプライズパーティーをひらきます。

ぜひ、おこしください！

雨がふってもふらなくても、かわった帽子《ぼうし》をかぶってきてね！

ラウハとリストより

「もう、着《つ》く？」

アンテロは、カウボーイハットをかぶりなおして、テッレルヴォがとなりの座席《ざせき》においたフェルト帽《ぼう》をちらっとみました。

（ぜんぜんかわったところなんてないや）と、アンテロは思い、帽子《ぼうし》をぽこんとへこませました。

リンドベリ公園通りまでくると、ふたりは看板《かんばん》に気づきました。

ヘンリエッタ・サーカス団《だん》
本日、庭《にわ》のテントにて午後三時開演《かいえん》。ぜひ、ご来場ください！

（このサーカス団《だん》の名前、お母さんの名前だわ）テッレルヴォはふっとわらいました。

アパートの庭《にわ》にはテントが立ててあって、そこから演奏《えんそう》がきこえてきます。ラウハおばさんはテントの入り口で、お客《きゃく》さんをよびこんでいました。リストは子どもたちにお菓子《かし》をくばっています。

テッレルヴォとアンテロのすがたをみかけると、リストは声をはりあげました。

「きたよ！」

テッレルヴォは、かたい表情《ひょうじょう》でラウハおばさんと握手《あくしゅ》しました。

「きてくれて、ほんとによかったわ」ラウハおばさんは声をあげました。

「アンテロにせがまれたのよ」テッレルヴォはそういうと、テントのなかへと進《すす》みました。

テントのなかはアパートの住人《じゅうにん》でうめつくされて、どの人もかわった帽子《ぼうし》をかぶっています。紙袋《かみぶくろ》を頭に高だかとつきたてた男の人もいれば、鳥《とり》の巣《す》のようなえたいの知れないものをのせた女の人もいます。

ドラムロールのドロドロドロという音が鳴ると、飛《と》びかう話し声はやみました。

つぎに、シルクハットをかぶったサーカス団長《だんちょう》がステージに登場《とうじょう》しました。ミスター・リンドベリです。

「みなさん、ようこそおいでくださいました。ヘンリエッタ・サーカス団《だん》の開演《かいえん》です！　本日は、ユニークな出演者《しゅつえんしゃ》ばかりです。力こぶピエロのラウハ・パックス、手品師《てじなし》レンナート、ハイレベルなドラマーのリスト・ラップス、そしてサーカスの花形はマダム・ヘンリエッタとサーカス犬ヴァネッサです！」

「子どもだましもいいところね」テッレルヴォはいいましたが、アンテロはよろこんでいます。

「おばあちゃんの名前もヘンリエッタだよ」

力こぶピエロのラウハ・パックスが、リストのドラムロールにあわせてステージに登場《とうじょう》しました。ピエロは重《おも》たそうなバーベルを持《も》ちあげては足もとにおとし、つまずいてころんでばかりいます。

最後《さいご》に、巨大《きょだい》なバーベルを宙《ちゅう》にあげてうおおっと声をあげたかと思ったら、ズボンがすとんとずりおちてしまいました。

観客《かんきゃく》がわらうなか、ピエロはズボンをひきずりあげました。巨大《きょだい》バーベルはころころと観客《かんきゃく》の集団《しゅうだん》のなかへころがっていきます。

小さな女の子がバーベルをつかんで、さけびました。

「ぜんぜん重《おも》くない！」

ピエロはおじぎをして、拍手《はくしゅ》をあびながら退場《たいじょう》しました。

「おもしろかった！」アンテロは、けたけたわらっています。

「ラウハ・ラッパーヤったら、またどじったわね」テッレルヴォがいいました。

「さあ、つぎはマジックの世界《せかい》にご案内《あんない》します。手品師《てじなし》レンナートの登場《とうじょう》です！」サーカス団長《だんちょう》はそう告《つ》げると、退場《たいじょう》しました。しばらくすると、団長《だんちょう》ににた男の人が、黒いマントをひるがえしながらステージに登場《とうじょう》してきました。

手品師《てじなし》は赤いシルクのハンカチを、表《おもて》と裏《うら》をみせながら、ひらひらゆらしています。そして、ぎゅっとまるめてにぎった手のなかにおしこむと、じゅもんをとなえました。

「ピクス、パクス、ポクス！」

手品師《てじなし》はてのひらをひらきました。なかには、なにもはいっていません。そして、片方《かたほう》のそで口から赤いハンカチをひっぱりだしました。観客席《かんきゃくせき》からは拍手《はくしゅ》が起《お》こりました。

　そのあと、カードの手品《てじな》をいくつか披露《ひろう》しました。

「悪《わる》くないわね」テッレルヴォは、夢中《むちゅう》で拍手《はくしゅ》をしているアンテロにいいました。

　つぎに、リストがステージに立ちました。ソロでドラム演奏《えんそう》をするのです。黒いサングラスをかけ、野球帽《やきゅうぼう》をうしろ前にかぶっています。

　ミスター・リンドベリは、知りあいの家族《かぞく》の息子《むすこ》から、ぴかぴかの大きなバスドラムと小さなドラムとシンバルをリストのために借《か》りてきていました。

　リストはぺこりとおじぎをして、歌いだしました。

「カマーン、マイベイビー、カマーン、マイベイビー、マイウェイ！」

　リストは、観客《かんきゃく》が息《いき》をのむほど、いきおいよくビートをきざみました。

「ドラムがこわれるんじゃない？」みんなのささやきあう声がきこえます。

　演奏《えんそう》が終《お》わると盛大《せいだい》な拍手《はくしゅ》がわきおこりました。リストはアンコールにこたえて、もう一曲《きょく》、演奏《えんそう》しました。

テッレルヴァは、耳をぎゅっとふさいでいます。

(ひどい音。うちのアンテロは楽器《がっき》をひかないからよかったわ)

リストの演奏《えんそう》が終《お》わると、アンテロは立ちあがって歓声《かんせい》をあげました。

「イェーイ!」

テッレルヴァはアンテロをぐいっと引っぱって、すわらせました。

最後《さいご》に演技《えんぎ》をするのは、マダム・ヘンリエッタとサーカス犬ヴァネッサです。

(どんなおばあさんが登場《とうじょう》するのかしら。お母さんだったら、どうしましょう)

足を引きずりながらマダム・ヘンリエッタがステージに登場《とうじょう》しました。テッレルヴァは、それをみながら思いました。

(ぱっとみた感《かん》じは、お母さんみたいね。名前も同じだし)

「あれって、五階《かい》に住《す》んでる足の悪《わる》いおばさんじゃない」観客《かんきゃく》がざわついています。

「おばあちゃん!」アンテロがさけびました。

「おばあちゃんじゃありません」テッレルヴァがいいました。

ところが、ヴァネッサをよぶマダム・ヘンリエッタの声に、テッレルヴァはぎくっとしました。

「そうだよ、おばあちゃんだよ！」

マダム・ヘンリエッタが目をかがやかせながらステージに立っているすがたに、テッレルヴォの目はくぎづけになりました。

マダム・ヘンリエッタはヴァネッサにうしろ足で立たせたり、ぐるりと回転《かいてん》させたり、輪《わ》をくぐらせたりしました。

演技《えんぎ》がひとつ終《お》わるたびに、割《わ》れんばかりの拍手《はくしゅ》が起《お》こっています。マダム・ヘンリエッタはしあわせそうに、なんどもおじぎをしました。

「すごい、おばあちゃん！」アンテロは歓声《かんせい》をあげて、足でドンドン床《ゆか》を鳴らしました。

テッレルヴォには、わけがわかりません。

（どうして、お母さんが、あんなところで？　それに、あんなに楽しそうにわらっているすがた、二十年ぶり）

マダム・ヘンリエッタはみんなに、「しずかに！」とよびかけました。

「ありがとうございます！　きょうは、すばらしいお客《きゃく》さんが集《あつ》まってくださいました。最後《さいご》にひとつ、わたしからおねがいがあります。わたしにとってても近しい方、ステージにでてきていただけませんか？　その方といっしょに、演技《えんぎ》をひとつおみせしたいのです。二十年前にいっしょに披露《ひろう》した演技《えんぎ》を。けれど、その日の晩《ばん》、わたしは事故《じこ》にあってしまいました。ロープからおちて、足にひどい傷《きず》を負《お》

ったのです。そのため、わたしはサーカスの仕事《しごと》をやめてしまいました」

マダム・ヘンリエッタが照明係《しょうめいがかり》にこくんとうなずいて合図を送《おく》ると、テッレルヴォにスポットライトがあたりました。

「娘《むすめ》のテッレルヴォに、いっしょにステージに立ってもらいたいのです。テッレルヴォ、きてくれる？」

テッレルヴォは、ライトを手でさえぎりました。

「とんでもない」テッレルヴォはわめきました。

ところが、観客《かんきゃく》からの拍手《はくしゅ》は鳴りやまず、テッレルヴォをステージにうながしました。みんな、大声でよ

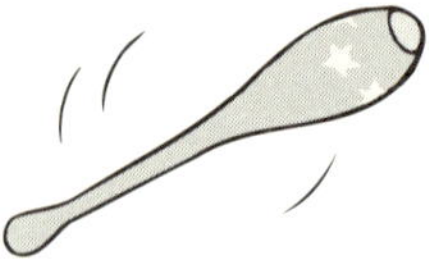

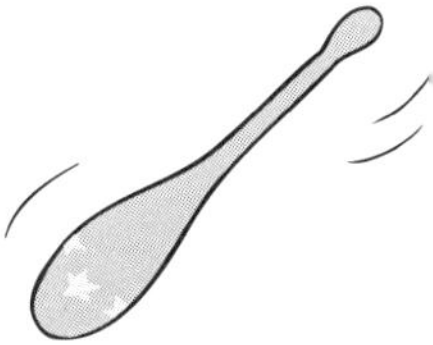

んでいます。

「テッレルヴォ、テッレルヴォ、テッレルヴォ！」

ラウハおばさんはテッレルヴォのところへかけよって、説得《せっとく》しはじめました。とうとう、まっ赤《か》になったテッレルヴォはうなだれながら、ステージに進《すす》みました。

マダム・ヘンリエッタはテッレルヴォの目を食《く》いいるようにみつめました。そして、木のクラブを手にとると、何本かをテッレルヴォになげました。

テッレルヴォはクラブを受《う》けとると、しばらくクラブをじっとみつめていましたが、ドラムロールが鳴ると、いきなり演技《えんぎ》をはじめたのです。

テッレルヴォがクラブをすばやい動《うご》きでなげました。マダム・ヘンリエッタは受《う》けとったクラブを宙《ちゅう》になげました。

テッレルヴォはくるりと宙返《ちゅうがえ》りをしながらクラブを受《う》けとって、あおむけになって足でクラブをまわしました。

テッレルヴォがぴょんとロープに飛《と》びのって、綱渡《つなわた》りを披露《ひろう》すると、ステージは最《さい》高潮《こうちょう》に盛《も》りあがりました。

マダム・ヘンリエッタがテッレルヴォにクラブをさしだし、テッレルヴォはロープの上でクラブをゆらしながらバランスをとりました。観客《かんきゃく》から喝采《かっさい》がわきおこりました。

「あれ、ぼくのおかあさんとおばあちゃんだよ！」アンテロは声をあげました。

マダム・ヘンリエッタとテッレルヴォはおじぎをしました。マダム・ヘンリエッタがそっといいました。

「むかしよりも、腕《うで》をあげたわね」

「こっそりトレーニングしていたのよ」テッレルヴォも、ささやきかえしました。

ほかの出演者《しゅつえんしゃ》もステージにでてきて、おじぎをしました。

リストはアンテロにちらりと目をやって、ほこらしげにマダム・ヘンリエッタをみました。マダム・ヘンリエッタはヴァネッサをだいて、いちばん大きな喝采《かっさい》をあびていました。

ラウハおばさんは感心《かんしん》しながらテッレルヴォに耳打《みみう》ちしました。

「思ってもみなかったわ。あなたって、プロの芸人《げいにん》さんだったのね」

「わたしたち、家族でサーカスをやっていたのよ」テッレルヴォはいうと、ラウハおばさんと握手《あくしゅ》しました。

ミスター・リンドベリが、ラウハおばさんのほほにチュッとキスをしました。

「目がまわるわ」ラウハおばさんは、ぶつぶつとひとりごとをいっています。

サーカス団《だん》とアパートの住人《じゅうにん》は、その晩《ばん》ずっと庭《にわ》でパーティーをしました。だれかが芝生《しばふ》にレコードプレーヤーを持《も》ってきました。

月がアパートのむこうからのぼって、空が暗《くら》くなると、ダンスがはじまりました。

ミスター・リンドベリは、ラウハおばさん、テッレルヴォ、ヘンリエッタ、そしてふたたびラウハおばさんと、かわるがわるに手をとってダンスをしました。

ミスター・リンドベリはラウハおばさんを、テンポのはやいタンゴにさそいました。

「レンナート、このガーデンパーティーは、あなたにとってすごく地味《じみ》かしら？」

「いいや。どうしてだい？」

「あなたみたいなお金持《かねも》ちは、ゴージャスなパーティーになれてるんじゃないかと思ったただけ」

「わたしが金持《かねも》ち？」

「だって、あなたはリンドベリ公園通りのリンドベリさんでしょ」

ミスター・リンドベリはあんまりおかしくて、ぷっとふきだしました。

「あなたって人は、わたしが知っているなかで、いちばんゆかいな女の人だよ！」

ミスター・リンドベリは、目がまわるまでラウハおばさんをぐるぐるまわしました。

とうとう、ラウハおばさんはベンチでひと休みすることになりました。

（わたし、なにかゆかいなことをいったかしら？）

ラウハおばさんは首をかしげました。

「わたし、自分がゆかいな人間だってこと、いまのいままで知らなかったわ。ああ、あそこでまた、くるくるおどってる。ほら、リンドベリ公園通りのミスター・リンドベリ、お金持《かねも》ちのミスター・リンドベリよ！」ラウハおばさんは、となりにすわっている女の人にいいました。

そしてラウハおばさんはにんまりすると、女の人の背中《せなか》をバシンといきおいよくたたきました。女の人は、ラウハおばさんをしばらくみていましたが、よそへいってしまいました。

（きまじめな人ね）

ラウハおばさんはリストのところへむかいました。リストは、テントのなかでアンテロにドラムをおしえていました。

マダム・ヘンリエッタはそばできいりながら、ラウハおばさんにいいました。

「リストには才能《さいのう》があります」

ラウハおばさんはこくんとうなずくと、リストをわきへひきよせました。

「ほんとにもう、紙切れを送《おく》らないって？」ラウハおばさんは小声でききました。

「もちろん」

「ほんとにもう、ドラムロール恐怖症《きょうふしょう》じゃないって？」

「じゃないよ。でも、かなりひどい恐怖症《きょうふしょう》だったけどね」

リストはそういうと、アンテロとドラムを演奏《えんそう》しにいってしまいました。

（ああ、そう。わたしにも恐怖症《きょうふしょう》はあるけど、いちいち気にしてなんていないわ）

ラウハおばさんは思いました。


つぎの日の朝、新聞の広告《こうこく》にリストの目がとまりました。

本日は、おばあちゃんと子どもの映画観賞無料《えいがかんしょうむりょう》デーです。

リストはラウハおばさんを起《お》こしにいきました。

「ラウハおばさん、どこでおばあちゃんがもらえる？」

「どうしておばあちゃんがいるの？」ラウハおばさんはねむたそうな顔でたずねました。

「映画《えいが》だよ。きょうは、おばあちゃんと子どもは、映画《えいが》がタダでみられるんだ」

その日の晩《ばん》、リストは、頭にスカーフをまいた、腰《こし》の曲《ま》がったおばあちゃんを映画館《えいがかん》へ連《つ》れていきました。そのとちゅう、ミスター・リンドベリと道でばったり会いました。

「マルタからきたおばあちゃんで、フィンランド語はできないんだ」

ラウハおばさんは、こくんとうなずきました。

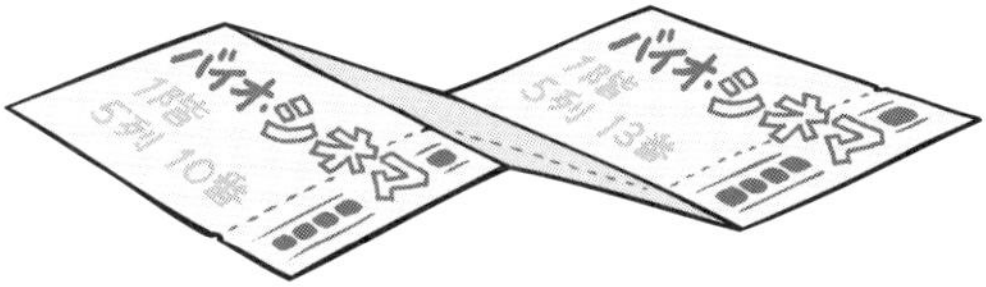

「むむ、むむ」

ミスター・リンドベリは深《ふか》ぶかとおじぎをして、こういいました。

「わたし、リンドベリ公園通りからはるか遠いところからきました。わたし、このおばあちゃんと男の子、好《す》きです。ふたりを映画《えいが》にさそいます。いっしょにいってくださいますか？」

春・夏・秋・冬

ユーラシア大陸《たいりく》のずっと西、ウラル山脈《さんみゃく》を越《こ》えて、もっと西北へ。

そこに、フィンランドがあります。

国土の四分の一が北極圏《ほっきょくけん》にあり、日本とほぼ同じくらいの大きさの南北に長い国です。湖水《こすい》の青をたたえ、幾千《いくせん》からなる群島《ぐんとう》は宝石《ほうせき》のようにかがやき、松《まつ》や樺《かば》の森の緑《みどり》と極地《きょくち》の白い光のなかでしずかにたたずんでいます。いくつもの岬《みさき》を抱《いだ》いて、その尖端《せんたん》に素朴《そぼく》なサマーコテージが立っている内海《うちうみ》の湖《みずうみ》は、フィンランド人の心の風景《ふうけい》でもあります。

ここでは、フィンランドの四季《しき》についてお話ししたいと思います。

北緯《ほくい》六〇度よりも北にありますから、四季《しき》のなかでも冬がもっとも長く、初雪《はつゆき》がふる十一月から雪解《ゆきど》けをむかえる四月くらいまで寒《さむ》い日がつづきます。

十一月になると、寒《さむ》さで地面《じめん》は凍《こお》り、殻《から》をかぶったようにかたくなります。雪はちらちらふっては消《き》え、クリスマスのころからつもりはじめます。すると、町全体《まちぜんたい》がふわっと明るくなります。白い雪がもうひとつの太陽《たいよう》の光になるわけです。

一月になると、どこからどこまでが森や家や湖《みずうみ》なのか、はっきりしなくなるくらい、雪はどんどんふりつもって、いろんなものをおおいかくします。この月を、フィンランドでは「樫《かし》の月」とよびますが、冬の樫《かし》を柱《はしら》にすると丈夫《じょうぶ》で長もちするといわれています。

二月になると、ようやく太陽《たいよう》も長めに顔をだしてくれます。「真珠《しんじゅ》の月」という二月の名前のとおり、陽光《ようこう》をうつした雪面《せつめん》は真珠《しんじゅ》のようにきらきらしてまぶしいです。二月から三月にかけて、スキー週間が全国《ぜんこく》ではじまります。スキーといっても、フィンランドには山がなく、あるのは森や丘陵《きゅうりょう》ですから、クロスカントリースキーのほうです。あるフィンランド人のおばあちゃんが、昔《むかし》はスキーが交通手段《こうつうしゅだん》だったと話してくれました。夕飯《ゆうはん》のキッシュやグラタンやキャセロールをオーブンに入れて、ちょっと町までスキーでひとすべり。帰ってくるころには、いい具合《ぐあい》に料理《りょうり》ができあがっているのです。

四月は、小さな星のような雪割草《ゆきわりそう》や王冠《おうかん》のようなクロッカスが春をさかせます。地面《じめん》には雪えくぼがあらわれて、湖《みずうみ》の氷も薄《うす》くなります。氷《こおり》の膜《まく》の下に耳をすますとゴボッゴボッと流《なが》れる水の音がきこえます。春の洪水注意報《こうずいちゅういほう》もよく耳にする月です。昔《むかし》は、焼《や》き畑《はた》のあとに種《たね》をまきました。五月は種《たね》まきの月で、新緑《しんりょく》への期待《きたい》が高まります。五月一日のメーデーの町は、色とりどりの風船《ふうせん》や人でにぎわい、春の訪《おとず》れをよろこびます。「シマ」とよばれるレモネードや鳥《とり》の巣《す》の形をした「ティッパレイパ」というドーナツを持《も》って、森へピクニックにでかける人もいます。夏の風物詩《ふうぶつし》である青空マーケットも、そろそろ広場にオレンジ色のテントを立てるころです。朝採《あさど》りの野菜《やさい》や焼《や》きたてパン、フィンランドの夏の実《みの》りであるイチゴやエンドウ豆《まめ》もぽつぽつではじめます。五月の最終日《さいしゅうび》、終業式《しゅうぎょうしき》を終《お》えた子どもたちは通信簿《つうしんぼ》を持《も》って家に帰り、これからおよそ三カ月つづく待《ま》ちに待《ま》った夏休みにかけだします。

「夏の月」と書く六月は、一年のうちでもっとも光にあふれています。フィンランド語で「夜のない夜」とよぶ白夜《びゃくや》が訪《おとず》れるのも、このころです。どれも同じにみえたはずの葉《は》は、光にてらされたとたん、手のひらや羽のように広がったり、菱形《ひしがた》や三角形

白夜《びゃくや》の頃《ころ》は真夜中《まよなか》でも明るい。© Hiroko Suenobu

になったり、のこぎりのようにぎざぎざになったり、なめらかに楕円形《だえんけい》にカーブしたり、たくさんの表情《ひょうじょう》をみせてくれます。まるで、かくれていた自然《しぜん》の神秘《しんぴ》が、いっせいにすがたをあらわそうとしているかのようです。

　白樺《しらかば》がねずみの耳のような木の芽《め》をだすころ、人びとは湖《みずうみ》にボートをおろし、サウナをたいて、楽しみにしていた夏至《げし》を祝《いわ》います。海外にでかける人もいますが、ほとんどのフィンランド人は故郷《こきょう》やサマーコテージで、短《みじか》くも美しい夏を過《す》ごします。日が沈《しず》まない夏《げ》至《し》は、魔法《まほう》がかかったようなきらめきがあります。夏至《げし》は、子どもたちはずっと起《お》きていてもよい日であり、女の子が「夏至《げし》の七草」

で将来《しょうらい》のおむこさん占《うらな》いをする日であり、白地に青十字の国旗《こっき》が一晩中《ひとばんじゅう》はためく日でもあります。

七月が終《お》わるころ、ベリーを摘《つ》みます。赤や黒のフサスグリは抽出《ちゅうしゅつ》してビンで保存《ほぞん》して冬に備《そな》えておきます。ビタミンCがたっぷり入っているので、風邪《かぜ》をひいたときによく飲《の》みました。

きのこ狩《が》りがはじまる八月の終《お》わりから、秋がはじまります。晩夏《ばんか》とはいえ、夜はおどろくほど寒《さむ》く、広葉樹《こうようじゅ》は燃《も》えるように色づきます。ラップランドの紅葉《こうよう》がしだいに南下して葉《は》もおちたころ、ふたたび冬がめぐってきます。

二〇〇八年秋　美しが丘にて

末延弘子